蚂蚁书架
MY BOOKSHELF

林希自选集

林希自选集

小哥儿
铁路警察
棒槌
车夫贾二
天津扁担

林希 著

天津出版传媒集团

天津人民出版社

图书在版编目(CIP)数据

小哥儿·铁路警察·棒槌·车夫贾二·天津扁担 /
林希著. -- 天津：天津人民出版社，2020.1（2022.9 重印）
（林希自选集）
ISBN 978-7-201-15658-3

Ⅰ.①小… Ⅱ.①林… Ⅲ.①中篇小说-小说集-中
国-当代 Ⅳ.①I247.5

中国版本图书馆 CIP 数据核字(2019)第 282116 号

小哥儿·铁路警察·棒槌·车夫贾二·天津扁担
XIAOGEER·TIELUJINGCHA·BANGCHUI·CHEFUJIAER·TIANJINBIANDAN

出　　版	天津人民出版社
出 版 人	刘　庆
地　　址	天津市和平区西康路 35 号康岳大厦
邮政编码	300051
邮购电话	(022)23332469
电子信箱	reader@tjrmcbs.com

责任编辑	霍小青
装帧设计	汤　磊

印　　刷	河北鹏润印刷有限公司
经　　销	新华书店
开　　本	880 毫米×1230 毫米　1/32
印　　张	7.875
插　　页	6
字　　数	140 千字
版次印次	2020 年 1 月第 1 版　2022 年 9 月第 2 次印刷
定　　价	46.00 元

目 录
CONTENTS

小哥儿

在讲述"小哥儿"的故事之前，先要说说府佑大街的来历。尽管这一段文字已经在我的许多小说中用过了，但《小哥儿》作为一个独立的篇章，在读者读这篇小说之前，还有必要对小说的背景做一些了解。当然，严格地说起来，这一小段文字应该算是重复发表了，好在字数不多，就算我是想多弄几个稿费，可是只这几百字，也占不上多少便宜，读者就别太和我较真儿了。

对于老天津卫的府佑大街，细心的读者也许已经有些了解了，因为《府佑大街纪事》作为系列小说，有些篇章已经在一些报刊上发表过了。这里作者再做一次简要的赘述，是怕有些读者没有读过那些小说，不了解作品的社会背景，于是对作品的主题也就不好把握，来日写批判稿的时候，也就抓不着要领。

"文革"的时候，我曾经向革命群众交代过，府佑大街为什么叫府佑大街？就是因为这条大街中间的那个大宅院，是原来直隶总督的总督府，也就是相当于现在的河北省政府大院。那时候，直隶府设在天津，人们把直隶总督府所在的这条大街，称为府署街，而府佑大街就是总督府右边的这条大街。但是，对于我的交代，革命群众很不满意，他们不仅说我狡猾，还说我放屁，幸亏那时候我脾气好，若是换了现在，我非得和他们打起来不可。

那么，为什么这条大街就叫作府佑大街了呢？据革命群众在内查外调之后回来说，这条大街之所以叫作府佑大街，就是因为在这条大街的中间，有我们侯姓人家的一处大宅院。那时候我们侯姓人家是天津卫的一霸，于是人们就把我们老侯家右边的这条大街，叫作府佑大街。

前几年到常熟，参观翁同龢的旧居。翁老先生生前是光绪皇帝的教师，他们家又是状元府第，我想他们家右边的大街一定也叫作府佑大街了。可是到那里一看，不是那么一回事，原来常熟的翁同龢家府第就是在一条很窄很窄的里弄里，而那条里弄也不叫府佑里，更不叫府佑巷。如此看来，说天津卫的府佑大街是因为这条大街的尽头有我们侯姓人家的大宅院，就未免有点儿言过其实了。当然若是换了现在，有人这样"炒"我，我一定是非常感谢他的，因为如此一"炒"，我就算是名门出身了，名片上我也就敢印上是某某某人的第多少多少代孙了。可是我再一查《辞海》，姓侯的没出过大人物,《全唐诗》里那么多诗人,没有一个诗人姓侯,拉倒了,咱也就别高攀了。

书归正传,列位看官请了——

上篇

未说"小哥儿"的事情之前,先要交代一下"小哥儿"是一路什么人物。

清朝末年,北京有一群八旗子弟,这些八旗子弟身无一技之长,又好逸恶劳,终日过着寄生的生活,再到后来,八旗人家相继败落,这些八旗子弟就一个个地破落了,有的走投无路,流浪为引车卖浆者辈,还有的不甘心引车卖浆,于是就躲在家里挨饿。如是,八旗子弟在北京就留下了一个坏名声。

天津卫没有八旗子弟,天津卫有公子哥儿,天津人管有钱有势的人物叫老爷,而管大户人家的小哥儿,却叫少爷,这里要说的小哥儿,就是市井中人们常说的那些少爷。

天津的少爷和北京的八旗子弟不同,北京的八旗子弟全都是旗人的后代,他们的社会地位是相同的;而天津的少爷们却是各有各的背景,有钱人家的公子哥儿,人们叫他"阔少",没钱人家的孩子也想往公子哥儿的圈儿里挤,人们就叫他"狗少"，不叫"穷少"。家里又没有多少钱，还不甘心做"狗少"，于是就横行乡里，称王称霸，人们就叫这种人"恶少"。那么"小哥儿"呢？"小哥儿"则是一种介乎于"阔少"和"狗少"之间的一种人物，待到我把小哥儿侯宝成拉出来说他故事的时候，诸位就知道小哥儿是一种什么人物了。

小哥儿侯宝成是我们侯家大院南院侯七太爷家的二儿子，关于这位小哥儿，笔者曾在《府佑大街纪事：糊涂老太》这篇小说中做过一些交代，但是那篇小说主要写的是糊涂老太，对于小哥儿侯宝成没有用多少笔墨，所以很多读者不知道小哥儿侯宝成的种种劣迹。为了不埋没"英才"，想来想去，还是有必要把小哥儿侯宝成的事情单独地向读者做一些交代。也许侯宝成的故事还有一些教育意义，虽然算不得正面人物吧，但做反面教材，那还是绰绰有余的。何况我们侯家大院历来就是反面教材专卖店，而且货真价实，最后一个顶尖级的反面材料，就是在下本人，打假之风再劲，都没在我身上打出假来，最后还是贴上了防伪标志，而且保证是原装正品、世界名牌。

其实呢，一个人做反面教材的时间绝对不能太长，在做反面教材之前，他还一定要有一个美好形象。从开始就是一个大坏蛋，大家全都讨厌他，那就不是反面教材，而是反面标本了。而且，派一个人做反面教材的时间太长了，人们就会想,怎么老挤对人家孩子呢?人们不是同情弱者吗?这一下,反面教材没有人恨了,倒是那个专门把好孩子打成反面教材的人,才遭到了人们的非议,那才真是做了蚀本生意呢。

侯七太爷的老伴儿——糊涂老太侯七奶奶过门之后不生养,糊涂老太花钱给侯七太爷买了一个"小",把她养在南院里,借腹生子,让她给侯七太爷生儿子;这位"小"不负众望,旗开得胜,连中两元,一年间,就给侯七太爷生下了两个儿子,大儿子生在正月十五,二儿子生在腊月三十,这叫同年的"双子"。侯七太爷和侯七奶奶大喜,把孩子接到侯七奶奶房里来,从此两个孩子就成了南院里的一对宝贝疙瘩。

大儿子侯天成天生一条大懒虫,大门不出、二门不迈,每天只在南院里看花,看武侠小说,还看他那位如花似玉的俊媳妇儿;二儿子侯宝成,生来性子野,侯家大院的墙再高,也关不住他,从十五六岁就在外边和一群公子哥儿鬼混,不到二十岁,就成了一个公子班头,在天津卫少爷行里,很有一些名声。

本来,侯家大院里的小哥儿们在外面"造",算不得是什么了不起的大事,我老爸那一辈上兄弟几十人,有几个好好读书、安心做事的?当然我们家也出过栋梁,我的几个叔叔从很早就参加革命走了,那时候不说他们是参加革命去了,只是说他们"跑"了。到后来革命成功，我爷爷高高兴兴地等着他们衣锦还乡呢，可是真到了他们还乡回来的时候，走进家门，却又见他们一个个只穿着一件棉大衣，还不如在家时穿得好呢。"你说说，你们这全都是为了什么？"我爷爷万般不解地向他们问着。

南院里侯七太爷的两个宝贝儿子压根儿就不想"跑"，"跑"了，不就便宜了他们老爹了吗？老爹的钱还没"造"光呢，"跑"什么呀？一点一点地"造"吧，日子长着呢。

那么，小哥儿侯宝成又是如何在外"造"的呢？没有什么秘密，自从盘古开天地，中国的公子哥儿们"造"钱，就只有吃喝嫖赌四条道，此外他们再也没有想出任何新道道来；到了最后，中国的公子哥儿们智慧大开，又知道了一条出洋的道儿，其实到了外国，也依然没脱出吃喝嫖赌四条道。只是这些新公子哥儿们吃洋饭，喝洋酒，嫖洋妞儿，赌洋把戏罢了。真正像人家船王、石油大亨的后辈那样，把老爹的钱用来培植一种什么势力，开发一种什么产业，来日好独霸世界，他们还没有那样的遗传基因，玩一辈儿拉倒了，谁还管得了那样许多？

和所有体面人家的孩子一样，侯宝成在外面"造"，也有他的一帮狐朋狗友，这些狐朋狗友领他"开眼界""见世面"，尽享种种人世的艳福。当然，这帮狐朋狗友在领着侯宝成外面"造"的时候,他们一个个地也就跟着一起吃喝嫖赌了。他们自己没有钱,只有领着小哥儿们"造",他们才能有吃白食、看蹭戏、玩便宜人的机会,所以许多好孩子,全都是被那一帮狐朋狗友给带坏的,家长们实在是没有一点儿责任。

侯宝成拿他老爹的钱,在外面吃喝嫖赌,他怎么就这样傻呢?有钱,一个人花不是更好吗,一瓶酒八个人喝,一天就喝光了;而一个人喝,就可以喝八天。天津人讲话,他花这份冤钱做什么?何况侯宝成是一个精明过人的小哥儿,他干吗要充这个"大头"?

不对,侯宝成拉着一帮狐朋狗友吃喝嫖赌,自然有他的打算,侯宝成不像他哥哥那样,把老爹看作聚宝盆,盆里有花不尽的钱。侯宝成知道,他老爹那点儿钱,还不够他哥哥侯天成一个人"造"的呢,如今他再一起出来"造",用不了多少日子,他们南院就要败落了,到那时,他也就成了穷光蛋了。

侯宝成拉着他的狐朋狗友一起吃喝嫖赌,明说了吧,他是想踩着这一群狐朋狗友的肩膀,攀高门楼。侯宝成知道,天津卫有数不清的王孙公子,更有什么前朝遗少、洋场少爷,这些人身上的一根汗毛,都比自己的腰还要粗;只要是攀上了这些人,自己就发了,这些人花钱如流水,把从他们身上流出来的"水",好歹截留下一点儿来,就够自己花大半辈子的了。所以，如今他花钱就是为了有机会结识名门后裔。攀上了名门后裔，那就和开一个大金矿一样，流水般的银子就往你口袋里流了。花吧，爷们儿！

看着人家前朝遗少、王孙公子们花钱，侯宝成真是眼馋呀！人家老爹有的是钱，中国的钱，就是人家老爹印的，想花多少，人家就印多少，自己花剩下的，才是百姓的呢，全国的金山银山，都是人家老爹的，咱和人家比得了吗？侯宝成亲眼看见过人家王孙公子们花钱的情景，那才真是气派呢，人家不是小哥儿腰包里揣着钱，人家那是钱堆里刨出来了一个小哥儿。

"份儿"！

早年间说一个人够"份儿"，就是说这个人已经是"好家伙的"了；现如今在好家伙当中还有更好家伙的人，新潮就叫这种人够"份儿"！

那一天的晚上，也正是起士林餐厅最热闹的时候。天津的起士林餐厅是一家西餐厅，天津卫的公子哥儿们全都到那里去开洋荤，其实许多人吃起西餐来，也是吃不惯那种味儿，酸不溜丢，肉也没烤熟，还有一股洋葱味儿，许多人没有等吃完就往外跑，跑慢一步，怕就要吐出来了。可是，明明咽不下去，也要时时往起士林餐厅跑，来的次数少了，怕人家说自己是"老赶"。"老赶"就是乡巴佬的意思，在天津卫摆谱,怎么能够不吃西餐呢？

侯宝成第一次带着他的狐朋狗友吃西餐，事前向那些人做过交代，无论端上来的是什么菜，一律得给我咽下去。好说,吃白食就得听人家的话。果然一个个就人模狗样地进了西餐厅,坐下之后,也就侯宝成点得上菜来,什么烤鱼、铁扒牛排、熏鸭肝、鸡素烧之类就端上来了,群狗友一尝,"哇"的一声,就几乎要吐出来。一片鲜红鲜红的生牛肉,外加上一块蘸着奶油的生鸭肝。这哪里是吃饭？明明是喂老虎。狗友们站起来就要走,侯宝成一瞪眼,都给我吞下去。没办法,双眼闭紧,就当是灌药汤,一口气就全吞进肚里去了,吞到半路上,有人说吞不下去了,有一片硬壳卡在了嗓子眼儿里,吐出来一看,牡蛎皮！拉倒吧,别活受罪了。付过钱,一行人就跑出来了。跑到外面来骂街："这是人吃的饭吗？吃惯了这个,回家还不得吃老婆呀！"骂着、吐着,发誓再也不来了。

可是不进起士林餐厅如何结识王孙公子呀。就说人家大太子袁克定吧,人家每天准到起士林餐厅来一趟,就是不吃西餐,也喝一杯咖啡。而且只要是大太子一到,起士林餐厅的老板一定亲自带着八名博依肃立两旁侍候,这个送胡椒,那个送炒斯,用不着大太子说话,他心里想什么,立即什么东西就送到手边了。你说说,人家够"范儿"不够"范儿"？

当然侯宝成也知道,人家大太子袁克定是中华民国临时大总统袁世凯的大儿子。因为他老爹登极做过洪宪皇帝，所以至今人们还管袁克定叫大太子。大太子袁克定是天津的公子班头，谁也比不了人家花钱"冲"。就说进一次起士林餐厅吧，吃过饭后，每个博侬就是四元钱的小费。四元钱，就是两袋面粉，八个人，四八三十二，顶自己吃三个月馆子的，比得了吗？

侯宝成坐在起士林餐厅，等的就是袁克定，不只侯宝成在等他，好多人全在等他，等着巴结大太子，巴结上了，就有享不尽的荣华富贵，大太子的钱，就把你养起来了；可是大太子也不是好巴结的，你才想往前凑，起士林餐厅的经理一下就把你拦住了，大太子不招手，谁也休想近前。

侯宝成在起士林餐厅坐了一年，没巴结上大太子。也是苍天不负有心人，最终侯宝成还是巴结上了一个王孙公子，这一下，侯宝成就"抖"起来了。

中篇

一天晚上,我正在陪我爷爷下棋。且住,我爷爷那一大把年纪,怎么会和我下棋呢?一点儿也不奇怪,我老爹和我的几个叔叔都到外面忙去了,哥哥又已经上学,晚上正是做功课的时候,能陪我爷爷下棋的人,就剩下了我一个;再说,我爷爷的棋艺又差了些,而我的棋艺又高了一些,如此,我和爷爷就棋逢对手、将遇良才了。好在我爷爷的眼神不好,精气神也顾不过来,趁个什么乱乎劲儿,我把他河这边的一只"车",换成一只小卒,糊里糊涂的,他也觉不出来。不过我爷爷有时候也是猜疑,他还把棋子翻过来看看,幸好,棋子的反面也是"卒",他这才相信我没有糊弄他。

眼看着,我已经要把我爷爷"将"住了,这时候就听见大门外一声汽车喇叭响。我爷爷还以为来了什么贵客,随之,我爷爷就匆匆地进到里屋更衣去了。

我爷爷匆匆更衣之后,从正房出来,就往大门外面走,这时候我们家的老用人吴三代从二门之外走了进来。

"老祖宗,您猜是谁来了?"吴三代和我爷爷同年,虽说是主仆之分,但是我爷爷有民主思想,历来把吴三代当作一家人看待。

我爷爷抬头看看吴三代,吴三代的眼里有一种奇怪的神色。我爷爷心想,一定不是什么贵客,贵客来了,吴三代历来表情十分严肃;而如今明明是汽车喇叭声响,这年月,坐汽车的,又能有几人呢?

没有回答吴三代的问话,我爷爷还是向门外走着,这时候吴三代却把我爷爷拦住了:"老祖宗,您就别迎去了,不是外人,是南院里的二先生,宝成少爷回来了。"

"怎么?他坐上汽车了?"我爷爷当即就向吴三代问着,这时,还没等吴三代回答,噔噔噔,从大门之外,侯宝成就兴冲冲地走进门来了。

"三伯父。"侯宝成看见我爷爷正立在院里,感觉到事情有些不妙,当即,他就停下脚步,双手垂下来,毕恭毕敬地向我爷爷问安。

"你回来了?"我爷爷冷冷地向侯宝成问着。

"回禀三伯父的话,侄儿回来了。"侯宝成规规矩矩地回答着。

"你是怎么回来的?"我爷爷还是冷冷地问着。

"侄儿是乘车回来的。"侯宝成含混不清地回答着。

"坐什么车回来的？"我爷爷又问侯宝成。

"坐、坐、坐……"侯宝成吞吞吐吐地还没有回答出话来，门外又是一阵汽车开动的声音，明明是汽车开走了。

"三代，把七太爷叫来。"七太爷，就是南院里的侯七太爷，也就是侯宝成的老爹，我爷爷有话不和侯宝成说，他吩咐吴三代把南院里的老爷子叫出来。

"老祖宗，外面风寒，您老还是回房去吧，有什么话，明天再说也不迟。"吴三代息事宁人，他想把我爷爷劝回房去。

"怎么，你是想让我自己到南院去呀？"我爷爷不高兴了，他冲着吴三代问着。

如此，吴三代再也不敢抗命了，他转身向南院走去，走过侯宝成身边的时候，他还狠狠地向侯宝成说："你呀，这不是惹事吗？"吴三代是我们家的老用人，我老爸这一辈的人，都敬重他三分，看着他们一个个地惹事，惹我爷爷生气，吴三代就不客气地骂他们，他们也不敢还嘴。

"踢踏踢踏"，侯七太爷在南院听说他的儿子被我爷爷拦在了院里，还没等吴三代跑来唤他，他趿拉着鞋，披着衣服，一面跑着一面扣衣扣，急匆匆地，就跑到前院来了。"子不教，父之过"，侯七太爷又窝囊，每次他儿子在外面做了什么恶事，被我爷爷找来质问的时候，侯七太爷总是比他的两个儿子还"尿"，就像他自己做了什么见不得人的事。

"孽障呀孽障！"侯七太爷一面跑着，一面骂着他的儿子。"你怎么又惹你三伯父生气呢。"连跑带骂地，侯七太爷就站到我爷爷对面来了。

"给你宝成买汽车了？"我爷爷劈头就向侯七太爷问着。

"三哥，外面实在是风大，有话我跟您回房里说。"侯七太爷不敢回答我爷爷的质问，就劝我爷爷回房里去，这时，吴三代也从南院回来了，侯七太爷就向吴三代努嘴，让他把我爷爷搀回房里去。

我爷爷当然不肯进房，仍然站在院里，向他的七弟问道："你知道如今买汽车的都是什么人吗？"

"三哥，我糊涂、我糊涂呀！"侯七太爷回答不出话来，就一个劲儿地做自我批评。

"七弟，你何止是糊涂呀，你是在作呀！"我爷爷抖着双手对他的弟弟说着，"咱们家的家风，你不是不知道，从老爹那辈起，家门百步之内不乘车，就是到了今天，我每天上班、下班，车子也是在胡同口外停着，你们什么时候见我坐着车子过胡同？买汽车，我早就对你们说过，就算你们各院有的是钱，可是只要你们的院子还和我的正院连在一起，这汽车就不许买。暴富非福的道理，难道你们还不知道吗？"

"三哥，我没有给宝成买汽车的，连胶皮车，我也只给他订了一个包月，我知道咱们家的家风，不敢在家门口显富。"

侯七太爷畏畏缩缩地回答着说。

"你没给他买汽车,那他今天是乘的谁家汽车回来的呢?"我爷爷还是向他的七弟问着。

"小孽障,还不回答你三伯父的话。"侯七太爷向他儿子喝道。

"是他们一定要用汽车送我回来的。"侯宝成低着脑袋,低声地回答着。

"是谁用汽车把你送回家来的?"我爷爷还是逼问着。

"是……"侯宝成吞吞吐吐回答不出话来。

"说!"我爷爷一跺脚,向侯宝成喊着。

"三哥,三哥,你可千万别和他生气呀。"侯七太爷连声劝着我爷爷,随后,他又转过身来,向他的二儿子喊道,"快说是谁用汽车把你送回来的?再不说,你三伯父就要用家法了。"

"家法",就是我们家祖宗祠堂里挂着的那把戒尺,一尺长,二寸厚,油黑锃亮,据说打在手掌上,只一下就能打出一条血渍来。这把戒尺,只有我爷爷一个人可以动用,把他惹急了,他说打谁就打谁;而且他说打几下,就打几下。若不,怎么就是封建呢。

眼看着我爷爷真的生气了,侯宝成再也不敢装傻了,他呆站了半天,最后才低声地回答着说:"是曹家的四公子用汽车送我回来的。"

"呸!"我爷爷狠狠地向侯宝成啐了一口,然后就转身回房去了。

侯宝成被扔在了前院里,我爷爷被他的七弟和吴三代搀着,回到了正房来。吴三代没有进房,我奶奶房里的人出来将我爷爷搀进房里,又是更衣,又是拭脸,又是敬茶,又搀着我爷爷坐好,很是平息了半天,我爷爷才对他的七弟说道:"我早就对你们说过,千万不可结识那些显贵人家的王孙公子,你看如今曹家的四公子已经用他的汽车送你儿子回家来了。那曹家是怎么一回事,难道你还不知道吗?"

这里,要做一下交代,天津卫,曹姓人家有好多家,上至民国大总统曹锟,下至北门外大街曹记驴肉店,全都是天津卫曹姓人家中的大户;我这里说的曹家,哪一家也不是,无论是曹大总统家的后人,还是曹记驴肉店家的子孙,都别和我较真儿,告到官府,我是一概不认。

这里所说的这户曹家,自然也是一户有钱人家。没有钱,买得起汽车吗?但是,那时候光有钱,还不敢买汽车,那时候买汽车,还要有势。我们侯姓人家不是买不起汽车,但我爷爷发下话来,任何人也不许买汽车,就是因为我们家没有后台。虽说我爷爷在美孚油行做事吧,可到底是给人家做职员,月薪再高,美孚油行也不是我们家开的,买了汽车,家门口子显富,不知哪位爷"吃味儿",夜里就用砖头把你家汽车砸了。可是如果我们家有人做官,就是他再"吃味儿",他也不敢砸,说不定,他还会自愿地给我们家的汽车守夜呢,人么,不都是有这么点儿毛病吗?

曹家有财有势,老爷子很是在中国大地上放过几把火,如今也正是人强马壮的时候,自然是不肯放下屠刀,立地成佛的了。而他的几个儿子,也正在天津称王称霸,都想借着老爹还在位,狠狠给自己多捞一点儿。这其中只有曹家的小四儿,也就是曹家的四公子,生性荒唐,没有大志气,每日总是在舞厅、酒店里鬼混,和一帮狐朋狗友吃喝嫖赌,由此,我们南院里七爷爷家的侯宝成就和曹四公子认识了。

侯宝成和曹四公子,是在登瀛楼饭庄里认识的。

那天晚上,侯宝成又带着他的狐朋狗友一起,来到登瀛楼饭庄吃饭,酒席摆好,三杯美酒下肚,几个人渐渐地就说得有点儿热闹起来了;恰在这时,从旁边雅间过来一位爷,向着侯宝成施了一个礼,然后就对侯宝成说道:"我们公子想请这位少爷过去说句话。"

"你们公子找我干吗?"侯宝成老大不高兴地向这个人问着。

"既然贵公子不肯屈尊,那我们公子就只好过来了。"说着，这位爷就回身走了。

侯宝成一想，这事不对，既然到登瀛楼饭店来吃饭，而且还要了单间，那就一定不是一位凡人，再说，手下还养着闲人，就一定是位人物了。别等人家过来，还是自己先过去吧。

就这样，侯宝成走出雅间，一侧身，就进到隔壁的单间来了。

隔壁单间，自然也摆着一桌酒席，看样子，也是山珍海馐地在"造"。侯宝成倒吸了一口凉气儿：就在那位小哥儿的身旁，蹲着一只大狼狗，这只大狼狗，吐着舌头，直冲着侯宝成喘大气，吓得侯宝成立在门口，不敢往里迈一步。

"进来呀！"里面的小哥儿说了一声，立即就有人出来把侯宝成"架"到雅间里去了。

走进雅间来，侯宝成抬头一看，暗自笑了。没什么可怕的，老熟人，曹四公子，也是天津卫的公子班头，有名的恶少。曹四公子的老爹行伍出身，一家人全不讲理，而在这一家不讲理的人当中，曹四公子还是最不讲理的一个。登瀛楼饭店、起士林餐厅、维格多利舞厅，侯宝成见过这位曹四公子，只是人家"派儿"大，几次侯宝成向人家致礼，人家都装作是没看见，愣把侯宝成"木"在了一旁，"木"得侯宝成很没意思。

今天侯宝成进登瀛楼饭庄,曹四公子并不知道,他怎么就派下人来,从隔壁雅间把自己叫来了呢?

"掏出来看看。"侯宝成正寻思曹四公子为什么把自己叫过来说话,倒是曹四公子没头没脑地先向侯宝成说起了话来。

侯宝成眨了眨眼,不知道曹四公子这是和自己说的哪一段。"掏出来看看",自己有什么东西好"掏"的?又有什么东西好看的?侯宝成闹不明白,就只冲着曹四公子发愣。

"耶耶耶,跟我装傻。"曹四公子还是坐在他的正位上对侯宝成说着。侯宝成自然还是不明白,也就还是站在曹四公子的对面发呆。

"行呀,有你的,跟我'拿大'。"曹四公子向侯宝成笑了笑说着。停了一会儿,曹四公子又向侯宝成问着,"认识我吗?"

"天津卫还有不认识曹四公子的吗?"侯宝成回答着说。

"这不就是了吗?我曹四公子能白看你的东西吗?"曹四公子又喝了一杯酒说。

"我身上没有什么东西好看呀?"侯宝成懵里懵懂地问着,一面还看着自己的衣服、双手。衣服不过就是普普通通的一件长衫罢了,手上也没戴什么宝石、翡翠。确确实实,他身上没有任何好看的东西。

"不吃敬酒吃罚酒。"曹四公子一句话才说出口,立即就站出来一个人,一步就走到了侯宝成的对面,只一伸手,就从侯宝成的口袋里把那只蛐蛐儿葫芦掏出来了。

哦,明白了,侯宝成养了一只过冬蛐蛐儿,总是在怀里揣着,用自己的体温,保着蛐蛐儿的一条小生命,也算是做一份功德。养过冬蛐蛐儿,为的就是听叫,无论是在什么场合,怀里有一只蛐蛐儿在叫,就显得格外有趣。不用细问,一定是曹四公子在隔壁吃饭时听见了侯宝成过冬蛐蛐儿的叫声,才让人过来把侯宝成请了过去。他是想看看侯宝成这只过冬蛐蛐儿怎么叫得就这样动听。

"好货!"曹四公子才把侯宝成的蛐蛐儿葫芦拿到手,打开葫芦盖,凑到亮处一看,立即就喊了一声好,随之他就把这只蛐蛐儿葫芦送到别人手里去了。

侯宝成看着那么多人挤在一起,看他的过冬蛐蛐儿,便伸手想把他的蛐蛐儿葫芦抢过来,只是他才一伸手,立即五六双手就一起打了过来,侯宝成没有抢到蛐蛐儿葫芦,反而被打得手背生疼。

"怕什么?谁还吃了你的蛐蛐儿不成?"曹四公子向侯宝成说着。

"过冬蛐蛐儿娇嫩,怕烟酒的臭味儿。"侯宝成对曹四公子说着。

"行呀,行家里手。玩了多少年了?"曹四公子向侯宝成问着。

"年头浅,才二十来年。"侯宝成回答着说。

"看样子你今年也就是才二十啷当岁,你就玩了二十来年蛐蛐儿;从几岁玩蛐蛐儿的?"

"打从一断奶,就玩蛐蛐儿。"侯宝成骄傲地说。

"交个朋友,明年一起玩,怎么样?"曹四公子向侯宝成问着。

"我玩蛐蛐儿,不和人搭伙。"侯宝成对曹四公子说。

"英雄好汉,一个人打天下。"曹四公子一挥手说着,"佩服,佩服,明天咱俩定一局,一山堂见。"一山堂,是天津卫有名的蛐蛐儿会,每年都要在这里举行蛐蛐儿大赛,胜者就是当年天津的虫王,少说也能赢个十万八万的。去年,一只常胜大将军,在一山堂得胜,当场就拿了二十万,输的那位爷,二话没说,一头撞在墙上,当场就死了。为什么?他出不去了,多少人在他的身上下了赌注,如今他输了,那些人还不把他"撕"了?

"我不和你定,你定一局就是十万八万,我的家底薄,赢得起,输不起。"侯宝成还算是明白,他怎么能和人家曹四公子斗蛐蛐儿呢。

"无论定局不定局，也是咱们两个有缘分，今天咱们就算认识了，你多大？"曹四公子向侯宝成问着。

"二十四岁。"侯宝成回答说。

"咱两人同岁。哪天的生日？"曹四公子又向侯宝成问着。

"五月初七。"

"你瞧，正比我晚一天，我是五月初六的生日，以后你叫我四哥好了。"就这样，侯宝成认下了一个四哥。吉星高照，从此，侯宝成借着这位四哥的威风，在天津卫就飞黄腾达起来了。

下篇

侯宝成在外面和曹四公子如何在一起鬼混,我们不得而知,我爷爷也不打听。反正不外乎吃喝嫖赌呗,谁还能想出什么新花样来?这当中,我爷爷找南院里的侯七太爷,警告他不可放松对儿子的管教,只是,侯七太爷嘴上虽然不说,但心里却不服,他认为我爷爷管不了自己的儿子,就想拿侄子辈的人立规矩。我爷爷见自己说的话没人听,自然也就不再多说了,没事的时候和我下下棋,倒也是一桩其乐无穷的事。

大约过了半年的时间,南院里过来人说,侯宝成发财了,而且还在外面买了房产,说是过不了多少时间,人家就要把侯七太爷和侯七奶奶接到外边住去了。这一下,我爷爷更没话说了,谁说人家侯宝成不走正路?人家发财买房,能说人家是光知道吃喝嫖赌吗?

"好呀,凡是侯姓人家的后辈,无论是哪支的孩子,谁发了财,我看着全高兴。"最后连我爷爷也服了,他再也不说人家侯宝成胡作非为了。

出乎我爷爷的意料，侯宝成和曹四公子混在一起，不但没有学坏，人家孩子反而走上正经路了。到底是侯姓人家的子弟，他们的身上总还有点儿诗书传家的老底子，做坏事，不会陷得太深，而且只要是想学好，或者说是来一个灵魂深处闹"革命"，一下子，第二天就能到位。这叫作从根儿上侯姓人家的子弟全都是好孩子。

曹四公子，那是"改造"不过来的人了，他本质上就是一个孽障，你怎样做他的思想工作，那也是不会有一点儿收效的，就是你把枪口对准了他的脑袋瓜子，也改变不了他的坏本性，这种人就是江山易改、本性难移的大坏蛋；但是侯宝成和曹四公子不同，侯宝成本质上是一个好孩子，他知道和曹四公子在一起只能是跟着他瞎惹惹儿，不能动真格的，真格的，还是要给自己找立身之地。

这不，侯宝成才和曹四公子认识不到半年，侯宝成就撺掇着曹四公子立了一家洋行，这家洋行由侯宝成出面，曹四公子当后戳儿，一出钱，二做靠山，雇了一些人办事，没多少日子洋行就做起生意来了。

成记洋行做什么生意呢？你想想呀，有曹四公子做后台的洋行，能卖烧白薯吗？石油，人家成记洋行做石油生意。

好大的胆子,侯宝成居然在天津做石油生意,也不掂量掂量自己的能耐,天津这码头有你的香饽饽吃吗?谁都知道做石油生意赚大钱,可是天津的石油市场早被人家美孚油行和德士古油行给占去了,没有你的立足之地了。前两年,一家德国的石油公司也想到天津来开拓市场,可是人家美孚和德士古一联手,两家一并肩膀,生生把那家德国公司给挤垮了。他德国公司才一开张,天津的石油价格立即下跌,跌到平日价钱的一半,一下子就让德国公司吃了一块烫山芋,张不开嘴了。没过一个月,德国公司关门,第二天,石油价格就又涨上去了,你说说,谁能和人家争?

　　侯宝成就敢和他两家争。侯宝成有志气,不能眼看着天津的石油市场被洋人霸占着不管,他得插一手。他不是有后台吗?于是这成记洋行就开张了,而且做起石油生意来了。美孚一听说天津又开了一家洋行要做石油生意,我爷爷连笑都没笑一声,当即就把侯七太爷找来了,见到侯七太爷,我爷爷就对他说:"你嘱咐嘱咐你家的宝成,别自不量力,到最后弄个一败涂地,那就后悔晚矣了。我呢,是给人家美孚油行做事的,我自然要维护美孚油行的利益,宝成是我的侄子,生意道上可就不讲情义了。他一个人单枪匹马,怎么可以和美孚油行和德士古争霸呢?"

　　我的天,美孚油行那可是美国洛克菲勒家族开的大字号，一般小门小户的洋行，你压根儿就高攀不上。你说你想和美孚油行订个合同，每个月从美孚油行买一百桶石油，对不起，不侍候。你觉得这一百桶石油是宗大买卖了，可是人家美孚油行没时间哄你玩。人家美孚油行一年在中国大出大进，少说也是几千万吨石油，你买一桶，人家没有法儿给你开账户。和美孚油行做生意，一张口，就得是上百吨，人家不零售。

侯七太爷一听我爷爷的话，当即就吓破了胆，他连连地对我爷爷说着："我把宝成找来，三哥教训教训他。"

"这事，也用不着谁来教训谁了，这么大的人，不会不知道生意道上的事，既然摆出架子要打天下，就是我出面劝他，他也是不会听的了。"

我爷爷这叫把丑话说在前面，此所谓"莫谓言之不预也"，一般有真本事的人，交手之前，都要把话说在前面，你可是自己找上头来的，真被我收拾了，可别说我手黑。

好说，你就下手吧。没两下子的，也不敢和你叫阵！

果然，人家成记洋行就把阵势拉开了，一船石油到了天津，开价比美孚油行低一成，当天见效，美孚油行的营业额，就下跌了一大块。晚上我爷爷被德士古的德经理请到起士林餐厅去吃饭，两个人愁得愣连一片面包也没吃下去。第二天一开盘，人家还是那个价钱，一下子，天津市面乱了，半个中国的石油商人全跑到天津来了，邮电局的电报一封一封地往美孚送，前一封还没有回话，第二封又发过来了，急得我爷爷立即和美国总行联系，那时候没有传真机呀，问一声美国总行有什么消息，至少也要一天之后才会有回话，我爷爷急得团团转，以为一定发生了什么世界性的大事，否则石油价格不会如此猛跌。再过一会儿，上海的电报到了，说上海的石油商人全都北上天津了，上海问天津发生了什么事？怎么这次石油跌价竟然是从天津开始的？

侯宝成"牛"了，到了第三天，侯宝成成了天津卫的第一大明星，大报小报全在头版位置登出了侯宝成的大照片，连我都看着这位叔叔好气派。"这不是南院里的宝成叔叔吗？脸上那几颗小麻子，怎么没照出来呢？"

也是人家照相的技术高，照相时愣把脸上的小麻子抹下去了，我们南院的宝成叔叔可真是一表人才了，看着比我们天津的大明星石挥还漂亮呢。

不光是登照片，报纸第二版和第三版还登了好几篇访问记呢。

有记者问：此次成记洋行以巨大的经济实力进军天津石油市场，而且旗开得胜，侯经理对此做何评价。

侯经理答：此次成记洋行敢在天津和美孚油行和德士

古油行争夺石油市场,本人实在于欲为国人争气也:石油为国计民生之根本,岂能被洋人操纵？国之欲兴,必须有勇夫当先,倾一人之所有,驱洋人于国门之外,岂不快哉？

下面是一则社论:《中国不是懦夫》,类如后来的《中国可以说"不"！》

一连半个月,美孚油行和德士古油行已经是门可罗雀了,不开张,做不成生意,对于美孚油行和德士古油行来说,那就和天塌下来了一样,两家公司的全体人员一起瞧着经理愣神。一般情况来说呢,此时正好组织大家学习个文件呀什么的,可是那时候不知道什么是文件,那时候的文件就是钱,一天不开张,一天没有收入,到了"月头儿",对总行报账没有盈利,你这个经理就要给人家递辞呈。总行不问你是什么原因,总行就知道你这个月没往上缴钱,你不缴钱,人家就不白养活你,人家就要换一个能挣钱的人来。

这一下,我爷爷和德士古的德经理全坐不住了,两个人一商量,快请那位侯宝成先生吃饭,有什么话,饭桌上面谈。

于是某月某日,我爷爷就和德经理一起把侯宝成这个小猴崽子请到了登瀛楼饭庄,二个人坐下之后,我爷爷就向侯宝成经理说道:"侯经理,你这对台戏,到底打算唱多久?"

侯宝成大言不惭:"唱到完。"

"那你可就要赔了。"德经理毫不客气地对侯宝成说,"你别以为,一看你杀价,我们两家也就一起跟着你杀价,等到我们两家一杀价,你再买起来,等我们把货出手之后,你再抬价……"德经理生意人,他对于生意道上的事,了如指掌,一句话,他就戳穿了侯宝成的阴谋。

"我不买。我保证不买,你们就是卖到一角钱一吨,我也是不买。"侯宝成斩钉截铁地回答。

"既然你不打算买,那你卖得这样贱做什么?"我爷爷不明白地向侯宝成问着。

"换钱呀?"侯宝成理直气壮地回答着说,"我手里留这些石油做什么?我要现钱。"

"那,我们若是把你的油全买过来呢?"德经理试探地向侯宝成问着。

"有钱你们就买呀,谁拿出钱来,我就卖给谁。"侯宝成一点儿也不含糊地说着。

"可是,你也一定知道,美孚油行和德士古油行从来没有在中国买油的先例。"我爷爷向侯宝成说着。

"那就和我没有关系了。"一点儿商量的余地也没有,侯宝成还是要杀价卖油。

没有任何实际成果，这餐饭就吃到不欢而散时拉倒了。

侯宝成走后，我爷爷还向德经理请教："你说，侯宝成他到底打的是什么鬼算盘？"

德经理也犯了寻思，想了半天，他才对我爷爷说道："有几种可能，一种可能是他想把我们两家公司挤出天津，但这个想法不现实，估计他没有这么雄厚的经济实力。第二种可能，是他想设圈套，诱我们两家上钩，拿低价钱引我们买他的石油，等我们把他的石油买到手之后，他再抛出一批石油来，把价钱压得更低，这时候我们不得不把买到手的石油抛出去，这一出一进，他就发财了。"

"还有没有第三种可能呢？"我爷爷向德经理问着。

"第三种可能，就是他什么商业上的事也不懂，他是一个小浑球。"

"有可能，他从小就浑。"我爷爷连连点头地说着。

话这样说着，可是人家成记洋行的石油还是源源不断地往天津运着。一连一个月不开张，我爷爷和德经理都觉得惭愧了，两个人一商量，一起分别向各自的上司写了辞职书。

尾声

到了晚上,我爷爷让我为他研墨,他坐在长书案前,一笔一笔地写谢职书,他写一个字,抽一下鼻子,再写一个字,抹下眼角。写着写着,他是太伤心了,索性把毛笔往长案上一拍,他一步就走到院里去了。这时,我凑到长案前,想看看我爷爷的谢职书是怎样写的,来日到了我不顶用的时候,也好按着我爷爷的样子早早地引咎辞职。只是我爷爷写的谢职书,有好多字我都不认识,于是我就只捡我认识的字念,结结巴巴,倒也念出了三分意思。

我爷爷的谢职书是这样写的:

事由:美孚油行天津分行经理侯某某谢职事

呈述:美孚油行天津分行经理侯某某,自就任以来,兢兢业业,励精图治,以开展商务为己任,历来年,为公司开发天津市场,躬尽绵薄之力;无奈近月以来,商业事务风云突变,强手介入,本人束手无策,已感力不从心，为此，只得向总行提出谢职请求，盼总行立即派最富经验之非凡人才来津主持商务，以夺回天津市场……

读着我爷爷的谢职书，我的眼圈儿都发酸了，这么一个经商高手，居然败在了一个猴崽子的手下，真是太没有天理了，看来商海无情，以后千万别进这一行。

双手托着小腮帮子，立在长书案旁，我正想帮助我爷爷想个好办法，把这个小猴崽子击败，这时，就听见外面一阵鼎沸的人声传来，明明是出了大事。我这个人天生爱看热闹，随着人声，我就从房里跑出来了。

我才跑出房门，就听见院里的人们说："了不得了，南院里下来大兵了。"

大兵跑到我们侯家大院来做什么？我们家一没有人做总司令，二没人贩卖军火，无论哪个朝代，大兵都不会进我们侯家大院的院门。可是明明听着是进来大兵的声音，"咔嚓咔嚓"，一阵拉枪栓的声音，还有大皮靴的声音，跑步、立正，听起来，至少也有上百人。

"三哥，三哥，不得了啦！"慌慌张张地，南院的侯七太爷跑过来了，他一把就拉住了我爷爷的胳膊，连声地向我爷爷央求着说："可惹下祸了，军部下来人了，见着什么拿什么，说是宝成把一笔军费贪下了。"

"宝成和军费有什么关系？"我爷爷听说是侯姓人家的后人吃了官司，自然就要问清楚是什么事，不容分说，我爷爷就随着侯七太爷一起来到了南院，见到带兵的人，我爷爷就上前想和人家说话。

"老东西，滚开！"那个带兵的人，举着手枪，冲着我爷爷就吼叫，我爷爷一看这态度不算友好，随之，也就退了一步，再不敢多问了。

这时，就只见那个带兵的人冲着侯七太爷吼叫着：

"你家的侯宝成私吞了我们直军的一笔军费，如今他已经被我们扣下了，就关在大牢里，你不把他私吞的军费吐出来，休想我们把人放出来。军座说了，三天不交钱，就拉出去枪毙！"

"长官，长官，有话您老说清楚呀！"这时，侯七太爷全身哆嗦着对带兵的人说着，他早已经吓得面色如土了。

"这还有什么好说。侯宝成是你儿子不是？"

"是呀。"侯七太爷立即回答着说。

"是你儿子，你就快把钱拿出来。"带兵的人向侯七太爷喊着。

"我没见着他的钱呀！"侯七太爷分辩着说。

"你见没见着钱，我管不着，反正你儿子现在关在我们手里，三天之后，不交出钱来，不是告诉你了吗，你就琢磨着办吧。"

"长官，长官，您老听我说。"侯七太爷战战兢兢地对带兵的人说着，"我家宝成开洋行的事，我是知道的，可是那批石油是曹四公子让他卖的，卖的钱，也全交给曹四公子了，你们要钱，应该向曹四公子去要。"

"我们不管什么曹四公子，人家曹四公子到外国去了，这家公司你儿子是经理，我们就找他要钱。掂量着办吧，老头子。"说着，大兵们又从南院里翻出一些金银细软，算是赃物，就一起带走了。

"三哥，你说这是怎么一回事呀！"大兵们走了之后，侯七太爷向我爷爷连哭带闹地问着。

"这还有什么不好明白的吗？"我爷爷回答着侯七太爷说，"曹四公子的老爹向德国人借了一笔军费，德国人没有现金，就给他们运来没有卖出去的一船石油，当作贷款借给曹四公子的老爹了。由此，这船石油就由曹四公子交给宝成卖了，石油卖出去换成现金，人家曹四公子带着钱跑到外国去了，现在人家直军找你儿子要卖油的钱，你儿子拿不出来，直军就把你儿子逮起来了。你不交出钱来，说不定宝成的命，还真就保不住了。"

"三哥，这可怎么办呀！"侯七太爷哭着向我爷爷问。

"我能有什么办法？谁让你儿子和人家曹家的小四儿一起玩呢？人家老子有钱有势，玩出漏儿来，人家让孩子跑到外国去了，你儿子跑不出去，那就得替人家孩子吃枪子儿了。"

……

谢天谢地，我们侯家大院南院的侯宝成还没有丢命，在大牢里关了三年，到了第四年，直奉开战，段祺瑞下野，曹四公子老爹借的那笔军费，拿山东的一条铁路还给德国人，这样侯宝成才被放了出来。

侯宝成放回家来的时候，我到南院去看过他，瘦多了，脸上的那几颗细麻子，已经变成深坑了。

见到侯宝成之后，我问他大牢里的饭菜怎么样？侯宝成说，不行，光吃冷饼子和大蒜。

铁路警察

1

　　"铁路警察,不管那一段。"一句口头禅。天津话,说明在大千世界、芸芸众生之间,有一种职业,有一种活法,有一种规范,还有一种德性。

　　当然,这是半个世纪以前的老话了,现在没有铁路警察这一说了。如今的火车上有车警一职,那是维护行车秩序的,和当年的铁路警察不一样。性质不一样,作风不一样,品德更不一样,千万别说混了。谁把如今的路警和当年的铁路警察混为一谈,从我这儿就不依。

　　民国年间的铁路警察分两种,一种是跑车的路警,穿着一身黑警服,胳膊上戴着一条红布箍,上面印着一个"警"字,腰里别着盒子炮。没有子弹,不是怕铁路警察随便伤人,是怕强人下了铁路警察的枪。铁路警察都没有什么功夫,一按就趴下,一个比着一个地胖。从天津到上海,一趟车就走一个来回,该处罚的处罚了,该没收的没收,交了差,就钻进车厢抽烟去了。这当中还有抽大烟的,好在车上都备着烟灯烟枪,躺在车里,有两个泡,就到上海了。休息两天。那时候也没有招待所,倒是也用不着花钱,找个地方就住下了。还得有人陪着。两天之后,跟车再返回天津,给上海的那个人带点儿东西过来也就是了。也没有什么东西好带,除了黑的就是白的。铁路警察嘛,他带什么东西也不受检查。

民国年间,铁路警察是肥差,只要一穿上那身老虎皮,再一登车,就是半个县太爷,这一车上的旅客,就全都是在你的管辖之下了,你说哪个该罚,哪个就得乖乖地掏钱,钱不够数,就拿随身的东西"顶",手表、自来火,就全"顶"下来了。铁路警察出一趟车,不往家里捎点儿什么东西回来,就是白跑一趟。铁路警察的家里什么东西都有,吃的穿的用的,连他老爹的那副老花镜,都是他从车上"下"的货,你就说说这铁路警察的差事是多肥吧。

跑车的警察肥,路段上的警察也不瘦,无论是车站前的路段警察,还是候车室里的路段警察,就是那位站在检票口上似是什么事情也没有的警察,也每天都能找点儿"外快"。看着一个倒霉蛋背着一个大口袋过来了,一挥手,停下,检查。没什么好检查的。一口袋枣,乐亭小枣,甜。副爷留点儿?没那么便宜。拿起一颗小枣对着阳光照,你这枣里有一个小黑点儿。副爷,那是枣核儿。废话,枣里有没核儿的吗?枣核儿里边是嘛?一颗颗地你给我砸开,检查。你说副爷这不是成心捣乱吗？这一口袋小枣全给你行不行？不行。一口袋小枣才值几个钱？查的是私货。小枣里是装不下军火的，可是小枣里边的那个小黑点儿，未必不是烟土，给我把枣核儿一个一个地砸开。爷，口袋里就剩下六毛钱了，您买包茶喝吧。"滚！"一脚踢在倒霉蛋的屁股上，放走了，哈哈一笑，找"牌"乐。

哪个站头也够不着的路段警察，苦了。火车不停，没有人上车下车，你吃谁去？吃货车。无论车上装着什么，到了这儿他得给副爷留下点儿买路财。运木头的，他得给副爷扔下一根房檩来；运煤的，他更得给副爷扔下几大块"开滦块儿"来；闷罐车里的东西扔不出来，向副爷招一下手，下趟运军火，扔下两个木头箱子来，回家打小板凳去。

而且，开火车的司机全怕路警。为什么？谁跑车不带点儿东西呀？带的东西不能进站，就只能在半路上下货？还有时候是连人带货一起带。车开慢点儿，关照着，一个大活人就跳下来了，给副爷敬个外国礼。一包茶叶是不行了，少说也得一条烟，还是看着开车的面子，没有开车的话，见面分一半，多年留下的规矩。

如今要说的是这位常副爷。不行，怎么就叫副爷？老天津卫百姓管大兵叫老总，管警察叫副官，表示警察比老总稍微懂点儿道理。和老总们打交道，有理说不清，他端着七斤半，人事不通，他说怎么着，你就只能乖乖地怎么着，千万别和老总犯拧。他说向你借条板凳，你不肯借，一把火把你房烧了，连那条板凳也变成炭了。副爷们就比老总好说话，他说向你借条板凳，你舍不得借给他，他不敢放火，他也不敢和你怎么样，就是一不留神儿，他把你门外的幌子摘走了。正好有个木匠随地吐痰，犯在副爷手下了，拿这块幌子给我打一条板凳，半天时间打成了，还是新的，还不和你伤和气，你说副爷是不是比老总们好说话？

常副爷混到今天这等份儿上，"落北"了。应该说是败北了？天津话含意极是确切，"落北"和"败北"的不同，就在于"败北"指的是被人家打败了，落花流水，丢盔弃甲，咬败的鹌鹑斗败的鸡，完了，提不起来了。而"落北"，则是没有人和他作对，他也没和什么人交手，就是自己混得不济了，一天不如一天了，到最后，连个人模样都混不出来了，也没人拿他当一回事了，这就叫作"落北"。

常副爷堂堂一员铁路警察，怎么就混到今天这步田地了呢？他原来不也穿着一身老虎皮，胳膊上戴着布箍、人五人六地在路上逛过吗？怎么就不行了呢？得罪人了？没有。他就是不行了。早以前他在站里，人倒是精神，绝不让一个坏蛋漏网，有一天，他就抓着了一个走私"黑"货的，也就是鸦片贩子，检票口还没有放人，他就坐到车厢里面来了，这不是往钉子上碰吗？二话没说，"跟我走！"就带到局子里来了。才走到局子门口，正赶上警长在门口吃糖堆儿，看见常副爷带着烟贩子向局子这边走，老远地，警长就迎过来了。

"咦？我刚把您送上了车，怎么您又回来了呢？"

常副爷一听这话不对，立即满脸堆笑地就向着烟贩子说起了话来："二爷别和我一般见识，大水冲了龙王庙，我是自家人不认识自家人，我是狗咬吕洞宾，不识好人心。"说着，常副爷就向烟贩子连连地鞠躬，还抡起巴掌抽了自己一个嘴巴。人家烟贩子倒是没和常副爷一般见识，一拍常副爷的肩膀，"好说，难免有个一眼没看准的时候，一回生二回熟，下回就是一家人了。"

本来常副爷说他要把这位爷送回车上去的，可是警长一定要亲自送，于是警长在前，烟贩子在后，常副爷给烟贩子提着包袱，三个人就又一起进了站。走到检票口，警长才悄声地向常副爷说了一句："你呀，你呀，真是不长眼眉了，你知道这位爷是谁吗？他是咱们局座的二大爷。"

完了。第二天，警长就对常副爷说："车上的事，你就别管了，这一阵路段上忙，你就到路段上帮忙去吧。"

就这么着，常副爷撞南墙，下到路段上去了。

下到路段之后，常副爷学乖了，长眼眉了，无论什么白的、黑的，只管从他眼皮子底下过，他比一眼睁一眼闭还痛快,他是两眼全闭上,天下通行。当然,走货的人,也不会委屈他,多多少少有他的好处。有了好处他自己也不留,如数孝敬上峰。上峰念他孝敬的好处多。就把他留在路段了。

有一年,上边下来了指令,缉拿黑旗队。黑旗队作恶万端,黑旗队一日不除,路段一日不得安宁。而且上峰有令,全体路警一定要尽职尽责,一定要把黑旗队彻底清除干净,确保铁路畅通无阻。

说起黑旗队,大大的有名,那简直就是天兵天将。他们人人一身硬功夫,个个会飞车,到了夜里,黑旗队出动,登爬到路边的电线杆上,只等火车驶来,到时候一跃,就从电线杆上跳到火车上来了。跳上火车,有什么往下扔什么,最有本事的高手,十分钟扔下一吨煤来。火车一路跑着,大煤块一路扔下来,铁道边上,早停下了大马车等着拾煤了,装上马车,也不往远处运,买煤的主家就等在不远的地方,连马车也用不着换,拉到什么什么地方,当场交钱,黑旗队的汉子从火车上跳下来,拿钱回家。

光从火车上往下扔煤不算能耐,最能耐的能跳到火车顶上之后,再拉着把手踏着踏板,把闷罐车的车门打开,这一下,就肥了,闷罐车里有什么就往下扔什么,真有扔下一口袋银元来的。前两年,一个黑旗队高手,打开了一个闷罐车的车门,黑咕隆咚地也没看清车里边"码"在地上的是什么货，一捆一捆地就扔了下来。扔了好几捆，下边收货的人喊，别扔了，大活人。怎么大活人锁在闷罐车里了呢？新买的兵，装进闷罐车就开出来了，也是车里太闷，这些汉子就在车里睡着了。黑旗队打开闷罐车门，拉过来一个就往下扔，连"唉哟"一声都没喊出来，就摔死了。

就因为这个，上边才发下命令，要根除黑旗队。

根除黑旗队的命令下达了半个月，常副爷拿耳朵"摸"了"摸"，说是各个路段都没有动静。这一下常副爷有点儿不服气了，怎么？黑旗队闹得这样凶，你们愣谎报平安。不可能，黑旗队绝不是只在我这儿作恶。你们那里没有黑旗队，只我这里闹黑旗队，莫非是我暗通黑旗队怎么着？这回，常副爷一定要缉拿几个黑旗队给局里看看不可。于是，一天常副爷就登上货车"卧底"来了，果然半路上就跳上来一个黑旗队，不费吹灰之力，常副爷就把那个黑旗队制服了。在别处抓着你，你还可能不认账，这次在货车上抓着你，你还如何狡辩。好人，你往货车上跳什么？半路上扒火车，就是黑旗队。返回站来，常副爷押着黑旗队就到局里来了，局里正在开根除黑旗队的庆祝会，常副爷一步闯进会场，正听见局长在讲台上训话："我局全体路警，只用了半个月的时间，已将全部黑旗队缉拿归案，自今日始，我路段已是畅通无阻。"

常副爷是个何等精明的人呀？他一听局长在台上说这

番话,立即他就把刚刚缉拿归案的那个黑旗队放走了,临放时还对他说:"咱两人平日无冤,素日无仇。上边叫我这样做,我不能不做出样子来交差。以后该什么时候登车,你还什么时候登车,该下什么货,你照样下什么货,咱两人是井水河水,两不相干。"

不行,请神容易送神难,黑旗队是你随便往局子里带的吗?一定要见见警长,问问凭嘛找黑旗队的麻烦?你们局长说了,黑旗队已经肃清了,怎么你还往局子里带黑旗队呢?你这不是存心往你们局长的眼里揉沙子吗?

"二爷,高抬贵手,算我没长眼。我没拿您老当黑旗队往局子里带,我是请您老到局子里来套套近乎。时间也不早了,今天算是咱两个人有缘,我做东,您老说地方,涮羊肉行不行?"

活该常副爷倒霉,一顿涮羊肉也请了,差事也丢了。第二天一上班,警长就通知常副爷说,以后别到路段上值班去了,给你安置新地段了,老地道,看地道去吧。

完了,又撞南墙了。连他女人都说:"上边让你根除黑旗队,你就真根除黑旗队?那黑旗队在路段上作恶已经不是一天半日了,不和局里通着,他们敢往火车上跳吗?为什么又道口上亮着红灯,不让货车进站?就是等着黑旗队跳车的。你还真就缉拿黑旗队了,你还不如把我带到你们局子里去了。把我送去,凭着我这点儿姿色,说不定还能给你要个一官半职的,把个黑旗队带到局子里去,砸了你的饭碗儿了,看老地道去吧。"

就这么着,常副爷"落北",被派下来看老地道去了。

地道,而且还是老地道,顾名思义,不是个有油水的地方。怎么老地道还要放一个路警?在常副爷被派去看老地道之前,那儿怎么就没有设过路警?说明了吧,就是局子里没法儿安置常副爷。放在局子里吧,碍眼;让他跑车去吧,捣乱;放在路段上吧,捅娄子;想来想去,也就是派他去看老地道合适。这样,常副爷就大模大样地到老地道口上值岗来了。

常副爷自己认为,局里把自己放到老地道来,自然有局里的理由。常副爷家住新货场,每天上班、下班,都要过老地道,这老地道实在也是一个交通咽喉了。老地道上面有好几条铁路,火车隆隆地开来开去,而老地道又窄,常常就人呀车地堵成了一个死蛋。没进地道的人,站在地道口外边干着急,被塞在老地道里面的人,连身子都转不过来,而且一堵就是一个钟头,一直也没人管。

老地道被堵严实了,有急事的人就要从铁道上过,人们爬到地道上边,愣是在来往的火车之间钻来钻去。那种在来往的火车之间穿行的景象,诸君是没看见过,太刺激了。和好莱坞电影一样，火车那么一闪，地面上才露出一点儿光亮，就看见一个人影儿"嗖"地一闪，刚才还站在铁道这边的人，千分之几秒的时间，就出现在铁道对面了，这时又一列火车开过来，在地面上画出一闪一闪的黑影，咕隆隆，震得老地道摇摇晃晃，还响了一声汽笛，再看刚才闪过去的人影儿，正和一个大姑娘逗"咳嗽"呢。

你说，老地道该不该放一个路警？

头一天早晨，当常副爷出现在老地道口上的时候，在老地道口上混饭的各色人等都以为他不过就是一个过路人罢了，虽然也穿着警服，也佩着箍，可是大家以为他可能是刚从班上下来，没顾得换警服。可是看着这位副爷在地道两头来回地走了好几趟，大家觉得事情有点儿不对劲儿了。这时一个要饭的，准确地说是一个乞丐，而且是一个职业乞丐，向着常副爷一龇牙，算是给常副爷敬了一个军礼。

"副爷值岗。"等常副爷遛到乞丐身边的时候，这个乞丐向常副爷说着。

常副爷，官面上的人，自然不屑于和下九流过话。他眼皮儿也不撩，只是从鼻孔里哼出了一点音儿，也不知道是"哼"了一声，还是"嗯"了一声，算是有了回答。

"多关照。"乞丐又向常副爷龇了一下牙。常副爷看见那乞丐满嘴的牙全黑了，一看就是鸦片烟鬼、狗食、臭花子。

没有搭腔,常副爷从乞丐身边走过去了。在老地道来回地走了两趟,没意思,一拐弯儿,去了一趟新货场。热闹,满街是卖吃食的。新货场没见过路警,一看一位穿着路警制服的副爷正儿八经地走了过来,满街做小生意的人都和常副爷打招呼。"副爷,喝碗热豆腐脑儿,我给您多放点儿香油。"常副爷不是那种贪便宜的人,点了一下头,就走过去了。才走出几步,又被一个卖耳挖勺的老头拦住了,一定要送给常副爷一只铜耳挖勺不可。推让了半天,还是给常副爷塞到手里了,才走出几步,常副爷就把那只铜耳挖勺扔了。

回到老地道,来往行人秩序井然,倒也没见有扒铁道的,行人车辆全都在地道下边走着。很好,常副爷代表当局对守法民众予以首肯,反背着手,又向老地道对头走过去了。

自然又遇见了那个乞丐,似是讨到了一点儿施舍,正冲着一位走远的爷连连地致谢,回过头来,又看见常副爷走了过来,乞丐得意地张开手掌,把手心里的一分钱亮给常副爷看:"天底下,还是好人多。就凭着这一片善心,来世就有享不尽的荣华富贵。"说完,还向常副爷行了一个礼。

常副爷也是刚才逛新货场走累了,就反背着手站在老地道边上。正好乞丐立在常副爷的身后,常副爷没回头,身后的乞丐就和常副爷说起了话。

"七十二行,打狗卖糖。佛门弟子将门后,谁都有个困着的时候。"没等常副爷说话,乞丐咳嗽了一声,竟然唱了起来:"将身儿来至在大街口,尊一声过往宾朋听从头,一不是响马与贼寇,二不是歹人把城偷。"唱的是《秦琼卖马》里的一段西皮流水,够腔够味,听得出来,是个玩票儿的出身,说不定原来家里还有点儿钱。

天津卫,败家精多得是,沦为乞丐的少爷秧子们,绝非少见。在下我小时候和老祖父一道出门,坐在胶皮车上,就看见车下一个人拉住车把向我爷爷乞讨,我爷爷才要呵斥,再一细看,"停车!"我爷爷一步从车上下来,拉住那个乞丐喊了一声:"这不是正德堂家的三少爷吗?"

我爷爷这里喊声未落,那个被我爷爷拉住的乞丐早从我爷爷手里挣扎出来跑走了。我爷爷坐上车子就让拉车的追,一直追到南门外大街,也没追上。回到家里我爷爷就对他的儿孙们说:"正德堂家,那是多大的财势呀!怎么几年时间就败落到这步田地了呢?孽障们,你们就造吧,流落街头做乞丐的日子等着你们呢!"说着,我爷爷的眼泪就掉下来了,我看着都特感动,并暗自下定决心,长大成人之后一定当作家,绝不做乞丐。前不久看到一则消息说深圳的乞丐坐着自家的小汽车去银行存款,如此看来我当初的决心下错了,应该是坚决做乞丐,绝不当作家。

想到乞丐有可能出身豪门，常副爷对身后的乞丐有了一点儿亲近感。确确实实，中国人传统观念，乞丐不算下九流，行乞要饭，不寒碜，韩信乞食漂母，传为千古美谈。朱元璋游乞四方，最后做了皇帝，更为行乞要饭者辈争到了荣誉。行乞要饭，世世代代出过人物，每次改朝换代，都要出几个义丐，如此才使乞丐们没钱也觉着腰板硬，他们自认为自己比唱戏的，比跳舞的，比厨师还要高出多少等级。天津卫出过一档事，一位名满天下的艺术家，那时候叫唱戏的，坐着自己的私人小汽车从街上过，一不小心车轱辘轧在泥窝里，溅了路边一个乞丐一身泥，那个乞丐跳起来就骂："呸！一个臭唱戏的，你算什么东西？睁开眼看看你爷爷是谁，当年袁世凯登极，他得先到我们家给我爷爷请安。呸！"说着又要骂，恰这时，一个警察走了过来，一脚就把那个袁世凯登极时给他爷爷请过安的少爷踢到马路边儿上去了。这次他没骂街，警察，官面儿上的人，有身份。

"在这儿混多久了？"也是在老地道边儿上"杵"了大半天，闷得难受，也不知道是怎么一回事，常副爷没有回头，就和身后的乞丐说上了话。

"副爷是和我说话？"乞丐受宠若惊，立马向前移了一步，向常副爷问着。没等常副爷出声，乞丐就对常副爷说了起来。"不长，才一年。副爷看出来了，我也是少爷出身，花花公子。祖辈上出过进士，若不，他们怎么就叫我进士呢？这老地道没多少事，人来人往，没有油水，怎么路局就想到了这儿？收不上什么的，有时候过车，也就是拉白菜的大马车，太贵重的货不从老地道过。也没有买卖家，收不上什么来的。副爷回上边话，撤了吧。"

乞丐，也就是进士的意思是说，老地道没有油水，别打这儿的主意，没有设路警的必要，不就是乱吗？有人愿意扒铁路，轧死了活该，铁路不负责赔偿，搁在这儿一个大活人，有什么用呢？

"局子里派人，自然有派人的道理，你少管。"常副爷抢白着乞丐说。

"副爷玩笑了，我怎么能不管呢？"乞丐还是在后边对常副爷说着，"既然局子里派下了人来，我们就得乖乖地交份儿。这道理还用副爷明说吗？可是副爷知道，吃这碗饭，不容易。'伙'里边，每天也要收一个人份儿，你瞧见了，这大半天，才要了四分钱，可是一个人份儿，一天就是两毛，赶上下雨天，行人少，一天也要不了几毛钱，交上份儿，连二两酒都喝不上了。副爷再要一个人份儿……"

"我不要份儿。"常副爷头也不回地说着。

"副爷是这样说呀，我们不能没有表示。副爷一句话，把老地道口清了，饭碗儿就砸了。这样吧，副爷，多了我也拿不出来,咱是一天一毛钱,春夏秋冬,就是天塌下来,我也是一天一毛钱的份儿钱。说少,我也就只能换个地方了,再多,我挣不上来了。副爷,就算是您赏我一条活路。"

话没有说完,乞丐就从口袋里掏出来了一大把钢镚儿,全都是一分钱一只的硬币,一只一只地数了十只,伸过手来,就送到了常副爷的面前,常副爷看也没看一眼,只是万般厌恶地向乞丐吐了一口唾沫,又恶汹汹地骂了一句:"臭下三滥。"立即就从乞丐身边走开了。

2

　　下午 4 点,老地道东口出了一档子事,似是有人吵起来了,停下脚步看热闹的,人山人海,把老地道堵得水泄不通。常副爷赶过去拨开人墙,钻到人圈儿当中,这时就听见有人说:"路警来了。"果然就看见两个人正吵得热闹。

　　倒也不是混星子闹事,吵架的一方看着还极斯文,穿着长布衫,面带菜色,一副受穷的样子。天津身穿长衫而面带饥色的人,大多是教书先生,也就是小学老师。小学老师一个月的工资只能买几十斤棒子面,勉强填饱肚皮,家里出一点儿事,欠下亏空,就要一连几年缓不上气。所以,走在马路上一看,凡是斯斯文文没有一点儿精神的先生,不用问,一准儿是小学教员。

　　小学教员怎么还在老地道东口和人吵架呢?他正揪着一个小孩的衣领,急得满头大汗,哆哆嗦嗦地连话都说不清楚了:"你把钱掏出来,你把钱掏出来。"

　　"没钱,这里边没钱。"被小学教员揪住衣领的小孩举着手里的一个钱包,向小学教员喊着。

看明白了,常副爷也是个精明人,用不着再细问了,这个小孩拾着一个钱包,正好这位丢钱包的先生回来找,满心高兴地从小孩手里接过钱包,一看,里边的钱不见了。这位先生说小孩拾着他的钱包把钱拿出去了,小孩说,他拾着的钱包里压根儿就没有钱。就这么着,两个人吵起来了。

"警官先生。"小学教员斯文,自然不会管常副爷叫"副爷",他极有礼貌地向常副爷行了一个礼,揪着那个小孩就对常副爷说着,"这孩子拾着了我的钱包,我很感谢他拾金不昧的好品德……"

"这里边没钱,一分钱也没有。"小孩摇着一双小手向常副爷解释,看得出来,这是一个穷孩子,衣服上补丁摞补丁,双脚趿拉着一双破鞋,满脸的煤黑,一副可怜的样子。

"我刚发了月钱的么。"小学教员满头大汗地向常副爷说着,"我知道老地道乱,过地道的时候,我还捂着口袋。谁想到正好和对面跑过来的一个学生撞了个满怀,那学生很知礼貌的,连连地向我说对不起。可是过了老地道之后,再一摸口袋,钱包不见了。"

"我捡煤核儿才回家,娘让我去新货场买棒子面,从这儿过,就看见地上有一个小钱包,才拾起来,就遇见这位先生急急火火地跑了过来,还没容我问这是谁丢的钱包,他一把就把钱包抢过去了,还赖我拿了他的钱。你翻呀,我口袋里就只有三毛钱,就是我娘让我买二斤棒子面的钱,我怎么拿他的钱了呢?他还不放我走,等一会儿我回家晚了,我娘又该打我了。"说着,小孩呜呜地哭了起来。

"可是,我的钱呢?我的钱呢?"小学教员抖着一只手喊着,他的另一只手还紧紧地抓着那个小孩,似是还想从那个小孩身上把钱找回来。

"我是铁路警察,不管丢钱的那一段,我就管老地道的交通不能堵塞,你们两个人有什么话,到马路那边说去,丢钱的事,你去警察局,那是官面儿管的事。"常副爷心平气和地对他两个人说着,回身还对围观看热闹的人们喊着,"散开!散开,这有什么好看的,真是没事干了。"说罢,常副爷就挥着一双手往地道上边轰人。

"警官先生,这事你不能不管呀。"小学教员几乎是央求着常副爷说着,"这是我一个月的薪水呀!"说着,小学教员的眼泪都涌出来了。

"是你一个月的薪水,我有什么办法呢?我若是薪水高,我分给你一半儿。"常副爷无可奈何地对小学教员说着。"怪就怪你,老天津卫的人了,你怎么连这么一点儿规矩都不懂呢?越是口袋里有钱,越不能捂口袋,那不明明告诉小绺说你的钱放在那儿了吗?那个撞了你的学生,说不定就把你的钱包缕走了,他把里面的钱掏出来,就把空钱包扔在路上了。你呀,这个月就只好和亲戚朋友们'拆兑'点了。以后记住,再逢到发薪的日子,别从地道下边走,就是在马路上走,也别捂口袋,就装出一分钱也没有的样子,小缕不打你的主意。"

一番劝说,小学教员把那个小孩放开了,小孩看了看常副爷,向他问了一声:"没我的事了?"不等常副爷说话,一溜烟儿,小孩就跑得没有影儿了。小学教员摇了摇头,叹息了一声抬起衣袖拭了拭眼泪,无精打采地,也只好走了。

"唉。"看着小学教员远去的身影,常副爷叹息了一声。

整整一个下晌,常副爷心里堵着一块大疙瘩,那个丢钱的小学教员,真不知道他这个月的日子如何过。去年上,有一个小职员跳大河,就是因为把当月的薪水丢了,但求着这个小学教员别想不开。天底下没有过不去的火焰山,车到山前必有路,中国人总是乐观派,从来不把过去的困难、眼前的困难和未来的困难看得有多么重。我常副爷就是一个榜样,跑车的时候,精精神神,调到路段,还是精精神神,如今落北被派来看老地道,照样精精神神。怎么着也要活,跑车的时候喘气儿,在路段上喘气儿,到了老地道也还是照样喘气儿,喘气儿就行。大总统有什么了不起,他也只能喘一口气儿,也是两个鼻子眼,他也不能四个鼻子眼喘气儿,一想到这儿，就什么气也没有了。让你大口大口地喘气儿，这就叫基本权利。

"副爷。"正胡思乱想之间，一个学生站在了常副爷的面前，看这学生，穿得很体面，还背着书包，刚刚下学的样子。

学生找副爷有什么事？

"别在老地道看热闹，早早回家写功课去，写不好，明天老师轻饶不了你。"常副爷看了一眼学生说着。

"副爷，您的份儿。"说着，学生向常副爷送上来了一个小纸包。常副爷一怔，怎么上学的学生每天从老地道过，也要给副爷交份儿呢？

"少跟我起腻。"常副爷自然没接那个小纸包，他也听说过，天津卫的小坏小子比老坏小子还坏，老坏小子也就是琢磨琢磨人罢了，小坏小子无恶不作，还专门干那种惹人恶心的事。譬如给警察塞个小纸包，打开一看，是一个屎蛋儿。警察学乖了，一看纸包里圆圆的，他不收了，还把那个小坏小子抓住狠揍一顿，果然再没有人往警察口袋里塞圆圆的小纸包了，纸包塞在口袋里一摸，平平的，一定是一张钞票，回到家里打开一看，一张白纸，光是一张白纸也不惹人生气，上面还歪歪扭扭地写着五个字："我×你妈妈"。

不过这次的这个学生看着倒不像故意捣乱的样子，他极诚恳地举着小纸包向常副爷说着："常副爷，你就赏个脸儿吧,没多少钱的,你别听他说是一个月的薪水,倒也是刚领到手的薪水,可是才一出校门,就还债了,这些人的日子全都是一个月压着一个月地过,每到发薪水的日子,债主们就等在学校门口,还怕别人笑话,就说是学生家长找自己有事,一出校门,一个月的薪水就没了。刚才那位先生的钱包里,只有八毛钱,有您一个人份儿,应该是八分,我给您添二分,凑个整儿,一毛钱。"学生对常副爷说着。

"你说什么?"常副爷一下子傻了,他一把就抓住了这个学生的肩膀,看了好半天,他才说出话来:"刚才那个教员的钱包是你偷的?"

"嘘——话不能这么说。"学生打断常副爷的话,压低了声音纠正着常副爷的语病,"那是我下的货。"

"你可是个学生。"常副爷还是不敢相信地问着。

"哟,副爷眼拙了。"学生向常副爷眨了一下眼,极是狡猾地向常副爷龇龇牙,才又向常副爷说着,"不穿这身行头,我能在老地道做活吗?穿着一身的破衣服,一看就是个小绺,人家谁都躲着你走,你还做活呀,挨饿去吧。"说话间,学生还打开了他的书包,从书包里拿出来了学生课本,六年级的国文、算学。然后他又举着课本向常副爷说着,"这里边的字,我一个也不认得,带上这个防身,'折'在什么人手里了,打开书包,我是个学生……"

"呸！原来你是个小绺！"常副爷万般厌恶地骂了一句，然后更使劲儿地抓紧了这个"学生"，说着，就往地道上边走。"跟我上局子里去。"

"哟，副爷不认账了，局子里的份儿交齐了。真公事公办，连副爷你的份儿也没有了，行了，咱就别做派了。说少，我再从我的份儿里给您拿出一毛钱来，再多，我可是就没有了。"

"原来、原来……"常副爷吞吐了半天，没说出一句话来，松开手，他再不和小绺纠缠了。这世界算是烂透了，除了被偷被骗的之外，一个好人也没有，凭他一个路警，又能改变什么事呢？拉倒了，由他去吧。

"副爷圣明。"小绺抖抖身子，重新恢复成学生神态，这才又对常副爷说着，"一回生，二回熟，再上路，副爷就认识我了。在伙里，我叫人六儿，怎么就叫是人六儿呢？体面的爷们儿不是要叫人五(人物)吗？咱比他差一等，大家就叫我人六儿。人五是人，人六儿也是人；人五吃饭，人六儿也要吃饭；人五吃饭是有人往他嘴里送，人六儿吃饭就得自己出来下货，还得交伙里一个份儿钱。干我们这行和道边上的那个乞丐一样，上边都有'伙'。不在'伙'，他不敢在这儿打狗卖糖，我也不敢在这儿君子上梁；您老人家若是不在'伙'，自然也不敢在这儿巡游四方，当然，您老人家的'伙'是官面儿。我们的'伙'，乞丐叫锅伙，我们叫路帮。黑钱帮、白钱帮，黑钱帮还分河东、河西，我算是玩轮子的，手气不好，不放我上车，就放到老地道来了，来来往往，每天多少也能下点儿货，交上份儿，还够养活老娘的。吃我们这行饭的，全都是孝子，不是看着老娘挨饿，谁也不肯走这条路。这是人干的活吗？千人唾万人骂，逮着就是一顿臭揍，自己不疼自己，老娘看着还心疼呢。人都是爹生娘养的，谁不愿意天天背着书包上学去呀？就这么着把人家的薪水下了货，自己花着就安心吗？恨起来，我真想把自己一刀子捅死，留在世上干吗？可是家里还有老娘，几时老娘归了天，我立马就卖兵走人，一枪打死，认了，干干净净谁也不欠。副爷，高抬贵手，您就别多要了，一个份儿钱，我没委屈您。"说着，人六儿就把个小纸包塞在常副爷口袋里了。

还没容常副爷说话，一回身，人六儿就消失在人堆儿里了，口袋里揣着人六儿塞给自己的小纸包，常副爷觉着似是揣着一个大火球，烫得全身疼痛难忍。又想起刚才那个丢钱的教员掉眼泪的情景，常副爷就像自己掏了那个教员的腰包一样，老地道过往的行人全向他投过来鄙夷的目光。常副爷一定要找到人六儿，把这个小纸包退给他，这份缺德钱，常副爷不能要。

正举目四下里寻找人六儿，不远处就看见乞丐和一个人吵起来了,乞丐还很凶,摇着两只脏手大声地喊叫:"这是我的地盘,你凭什么占？"

那个和乞丐吵架的人似是有点儿缺理，他一个劲儿地向乞丐行礼、作揖,嘴里还不停地央求着说:"全都是江湖上人,借贵方一块旺地……"

乞丐当然不依不饶，他揪着那个人就向常副爷走了过来:"副爷,您给评评理。"乞丐揪着那个人的衣领,对常副爷说着,"那个地方是我的,他拉开场子,就要卖艺,你说说,这不是砸我的饭碗吗？"

"副爷。"那个被乞丐揪着衣领的人向常副爷连连地鞠着躬说着,"初来乍到,一个跤场上的把式,想讨几个小钱活命,我跟这位爷说了,我不能白占他的地盘,有他一个人份儿,至于副爷这边,好说,该是什么规矩,我孝敬副爷。"

常副爷一听,就听明白了,这是半路上来了一个摔跤的把式,要在老地道打场子卖艺,乞丐不肯让地盘,两个人就发生了争执,一起找到自己头上,要个了断。

"我是铁路警察,管不着这一段。"常副爷一摆手,算是做了回答。

"那也得有个先来后到。"乞丐争先地喊了起来。

"你别喊了,副爷虽然是这样说了,该你的人份儿,我不会亏待你。走江湖卖艺的人,说话算数,比市长说的话都算数,市长说稳定物价,可是棒子面照样涨钱,我若是说稳定物价,谁再敢涨钱,我就敢揍他。这爷们儿没有别的本事,就是胳膊根儿壮。"说着,把式向乞丐弓了一下胳膊,果然凸起一个大肉疙瘩,这一下乞丐也不敢闹了。

"当着副爷的面,咱们说好,有我一个人份儿。"乞丐还是和把式争执着说。

"还是那句话,我是铁路警察……"

"啊!"

常副爷的话音未落,就听见背后一声惨叫,一回头,正看见人六儿被人从人堆儿里踢了出来。还没容常副爷看清楚发生了什么事,只见一个大胡子在人六儿的身后追了过来,不容人六儿说话,大胡子一把抓住人六儿抡起巴掌就打,没几巴掌,小人六儿就被打得满脸是血。大胡子一面打着人六儿,还一面向人六儿问着:"这些日子你到哪儿去了?小王八蛋,你翅膀硬了。"

看见人六儿从人堆儿里被踢出来,常副爷还以为是人六儿掏了人家的钱、被人家抓住,要狠狠地教训他呢。可是一听大胡子的喊叫,才知道不是人六儿掏了他的钱,好像人六儿做了什么对不起大胡子的事,今天被大胡子撞上了,逃不脱了。

大胡子几巴掌,打得人六儿鼻青脸肿。人六儿不敢反抗,也不敢躲闪,就是哆哆嗦嗦地让大胡子抽嘴巴,还一迭连声地向大胡子求饶:"爷,实在是这两天我老娘的病重,份儿钱,我一分不差地给您留着呢。"

听到这里,常副爷明白了,这个大胡子是老地道口上的地头蛇,人六儿在这儿"上路",每天有他的份儿钱,这两天人六儿的老娘病重,没顾得上给大胡子送份儿钱去,大胡子找到老地道来,当着老地道口上混生活的人,要教训教训人六儿。

看着人六儿挨打的样子,听着人六儿凄惨的喊声,善良的常副爷心里直哆嗦,刚才对人六儿的种种厌恶,已经荡然无存了;再看见那个大胡子打人六儿的凶狠样子,常副爷心里对人六儿倒充满了同情,一个苦命的孩子,被逼着走了这一步,怎么就下得了这样的狠手呢?常副爷真恨不能过去把人六儿救出来。

常副爷实在是不忍再看了,低着头,他就往老地道西口走。

"副爷,这事你可是不能不管。"

拦住常副爷说话的,是一个女人,看不出年龄,只是一身的妖气,画着眼眉,搽着厚厚的一层粉,涂着胭脂,打着口红,那口红打得也重,活赛刚吃过死孩子。明白了,野妓,天津人叫"野鸡"。

唉,老地道果然是一个大世界,什么人物都有,乞丐、进士、小绺人六儿、把式、大胡子,如今又登场出来一个野鸡,和他们几个人一起,还有一位常副爷,好,果然就是一台戏了,如今就看这台戏如何唱了。

　　"你每天准时到老地道来?"常副爷斯文,女人和自己说话,不能不搭理,可是也没有什么话好说,只能问问她是不是和自己一样,只能在老地道讨生活,没有别的道好走。

　　"头一回遇见副爷,以后多关照,我叫小翠儿。"女人自我介绍地说着。

　　"我关照不着你,你也用不着我关照。"常副爷冷冷地说着。

　　小翠儿倒不计较常副爷的冷淡, 她还是向人六儿挨揍的地方瞟着:"孩子可怜。"

　　"他们那里面的事,我闹不明白。"常副爷还是冷冷地说着。

　　"这有嘛不明白的? 老地道是大胡子的天下,连我都得给他交份儿钱,人六儿这孩子也是胆子一天天地大了,我对他说过的,就是卖了你自己个儿,也别忘了给大胡子交份儿钱。"小翠儿在常副爷身后比比画画地说着。

　　"怎么就走上了这一步?"常副爷同情地说着。

　　"别站着说话不腰疼,不逼急了,谁也不走这条道。知道吗？孝子。老娘病在炕上，根本就没钱买药，也就是每天给老娘带回家一个干窝头。但凡有一点富余钱，他能不交份儿钱吗？哪儿都是积德行善，过去说句话。"

"爷，你饶了我吧，下次我再也不敢了。"不远处，又传来了人六儿求饶的哀求声，"啪，啪"，那个大胡子又打了人六儿两巴掌。

"唉。"常副爷摇了摇头，也只能叹息一声表示同情。

"见死不救非君子，怎么着你也是个大老爷们儿。"小翠儿还是缠着常副爷要他过去搭救人六儿。

"我是铁路警察，不管那一段。"常副爷向小翠儿说着。

"不管那一段，也得管那一段。真打坏了孩子，他家里还有老娘呢。"

"啪啪。"那边的大胡子越打越不出气，一面打着人六儿，他还一面骂着，"小王八蛋，你长大了，有了花钱的道儿了，你也想在老地道立山头了。告诉你，没这么容易！"

"爷，饶我这一回吧，我加倍地交您份儿钱还不行吗？"人六儿央求地向大胡子说着。

"今天我让你好好认识认识我。我看也该给你们立立规矩了，忘了老地道是谁的天下了。"大胡子明明是打着人六儿给老地道所有的人看，所以他才越打手越狠，抡着巴掌，几乎是兜着一阵黑风，左右抽打人六儿的嘴巴，没抽几下，人六儿已经满脸是血了。

常副爷实在看不下去了，他刚要过去劝说，这时就看见那个把式已经向大胡子走了过去。把式把人六儿从大胡子的怀里拉出来，似是劝解地对大胡子说："完了完了，人也打了，气也出了，孩子小，犯在爷的手里了，以后当心就是，该是什么规矩尽管对他说。"

"干吗的？"大胡子放开人六儿向把式问着。

把式先是在人六儿的背上推了一下，暗示他快走。人六儿是个机灵孩子，才从大胡子怀里挣扎出来，一个没看牢，一下就跑得没有影儿了。这时把式才向大胡子作了一个大揖，说道："日后还要靠爷的关照，摔跤场上的把式。"

"行呀，到这儿摆擂台来了，有功夫咱两人会会。"大胡子一挑大拇指，向把式说着。

"不敢不敢，在下只是向过路的君子讨两个小钱，不敢和各路的英雄豪杰交手。"把式一口江湖话，算是有礼在先。

"罢了，后会有期。"说罢，大胡子扬长而去了。

"唉，这是什么世道。"常副爷叹息了一声。

人六儿跑了，大胡子走了，常副爷走过去把看热闹的人群轰散了，老地道又安静下来了。

"副爷，您是好人。"身后又传来小翠儿的声音。

"你离我远点儿。"常副爷抢白着小翠儿说。

"不必副爷'开'我，我也不想和副爷站得近了，站在副爷的身边，我怎么拉客呀？我是想和副爷说说话。"小翠儿在常副爷的身后说着。

"我没有那么大的工夫搭理你。"常副爷头也不回地说着。

"您没有工夫搭理我，我有的是时间搭理副爷。"小翠儿没皮没脸地和常副爷纠缠。"看出来了，落到老地道来的，都是苦命人，但凡有一线之路，谁也不上这儿找饭辙来。托副爷的福，以后就全赖着副爷关照了，多做点儿好事，大家就全过去了。"

"我做不了好事，有那份儿心，没那份儿力，我只求着自己不做坏事。"常副爷还是不回头地说着。

"这就不容易。这年头，不做坏事的人，就是好人。你只是铁路警察，好事、坏事的，你都管不着这一段。进士爷对我说了，您不收份儿钱，我也就不给您上供了。我也是不容易，不是每天都能拉上客的，人老珠黄了，你是自己人，实话对您说，我快四十了，看着还十八赛的，是不是？我扮相好，过一会儿天黑了，脸上'褶儿'也看不出来了，几毛钱的事呗，也没人在乎脸上这点儿'褶儿'，又不是过日子。副爷若是不嫌弃，几时有时间……"

"呸！"常副爷拿出他唯一的批判武器，往地上吐了一口唾沫,立即就走开了。走到东口,脚步还没有站稳,背后又传来了小翠儿的说话声。

"五百年的缘分同船渡,大家既然都赶到老地道口上了,就相互帮一把,日子也就过去了,我们也不求副爷关照,只要您不挤对我们,我们就感激不尽了。"

"你放心,铁路警察,我管不着那一段,无论是乞丐、小绺,还是拉客,都不干我的事,我就管着老地道里的行人车马,别堵在老地道里,就交差了。还是那句话,做好事,我没有那份儿本事,做坏事,我没有那个心……"

"罢了,副爷,我代表大家谢谢您了,我也不和您多说话了,那边过来人了。"说着,背后响起了小翠儿咯咯的脚步声,一会儿的工夫,她就跑到老地道口上去了,一伸手,把胳膊搭在一位爷的肩膀上,随之,"嘻嘻",就听见了小翠儿的笑声。常副爷看见的是,小翠儿搭着那位爷走远的时候,回过头来向常副爷看了一眼,还冲着常副爷挤了一下眼儿呢。

3

常副爷是一个忠于职守的人,一到老地道,他就下定决心,一定要把老地道的交通治理好。

不必什么调查研究,情形明摆着的,就是来往行人车辆没有人疏解,东头西头几辆车一起下地道,两头的马车、行人一起赶到地道中间,堵住了,谁也休想移动了。就是堵得水泄不通,两头的行人还是往下拥,挤得连鸟儿也飞不过去了。这时候,谁若是有点急儿事,你说他不扒火车道行吗?

常副爷有办法。他向局子里要了一只哨儿,穿上一根小绳儿挂在脖子上。遇到车多的时候,常副爷在老地道口上吹一声哨,东边的车子下地道往西边走,常副爷在老地道口上吹两声哨,西边的车子下地道往东边走,如此来往有序,两头的车子就再也不至于在地道下边碰头了。

治理交通有功,常副爷到局子里去报功,警长说局里派常副爷到老地道去,就是看重常副爷治理交通的这点儿本事,人尽其才,你瞧,来日你不就有了高升的机会了吗?

只是，常副爷对警长说："老地道实在是没一点儿油水的。"

"所以，局里才把你这样的好人放在了那里。"警长安抚着常副爷说。

"我倒是这个意思，我是说，在老地道，没办法给局子里办事。"常副爷告诉警长，以后就别打老地道的主意了。

"你放心吧，我们么，大家全都是辛辛苦苦地服务社会，谁也不敢谋一己之私。当然啦，外边有许多传言，说咱们铁路警察如何如何，可是你是亲眼看到的了，咱们还不是和大家一样都过的是穷日子吗？""说着，警长点着了一支英国香烟，常副爷见过的，这种香烟一包就是常副爷一个月的薪水。

"是啊，是啊。"常副爷连声地答应着。

"好好干吧，有你在那里，局子里也就放心了。"说着，警长就把常副爷"支"出去了。

有了警长的话，常副爷放心了，他只要把老地道的交通治理好了，上峰不向他要任何"好处"，这也就是说常副爷不必向上边交份儿钱了。常副爷最恨交份儿钱，上边不向常副爷要份儿钱，常副爷何必在车上抓烟贩子？到了路段上，又何必抓黑旗队呢？还不全都是为了给上边凑份儿钱吗？好了，如今常副爷可到了干净地方了，上边不打常副爷的主意,常副爷就不打老百姓的主意,只要老地道交通畅通,就是铁路警察的本分,别的,常副爷就管不着那一段了。

果然是要想富,先治路,常副爷把老地道才疏解通畅,立即,老地道一带就兴旺起来了。

老地道通畅了,地界也就变宽了,原来一疙瘩一疙瘩的人群,如今来来往往再不在一处地方挤着了,老地道两头有了空地,做小生意的就渐渐地多了起来。自来是穷人的耳朵最灵,哪儿只要有了一线的生路,用不着招呼,立马人们就拥过来了。先是有了小摊儿,再后来有了卖小吃食的挑子,什么煎饼馃子、豆腐脑、羊杂碎、牛蹄筋、元宵、切糕,那才是应有尽有了呢。

看着老地道成了一方旺地,常副爷心里感到极是欣慰,虽然常副爷不收税,也不收份儿钱,可是看着穷人们多了一条挣钱的道,自己也觉得舒服,除了那些没有人性的人之外,谁也不会看着有人吃不上饭开心。

老地道兴旺了,常副爷多多少少也有点儿好处,谁也不是那种没良心的人,明着没有,暗着有,隔三岔五地总有人给常副爷塞盒香烟,有时还塞个小纸包,里面的好处也不多,两三毛钱而已。常副爷倒是也不推让,又不是我向你要的,你有心,我领情,你没力量孝敬我,常副爷也不伸手要。如此一个月的时间下来,常副爷也有了十元多钱的外快了。

"有钱的出个钱力,没有钱的出个人力。老少爷们儿请了。在下一介摔跤把式,没有什么名号,出门在外不敢张狂,在天津卫老少爷们儿手下讨几个小钱,养家糊口,不想挑旗号、立山头,人过不留名,雁过不留声,老少爷们儿知道我不过就是一个把式罢了。在这儿打场子做什么?想拜师学艺。拜哪位为师?学的什么艺?三句话不离本行,摔跤的把式,拜高人为师,练的是腿脚上的功夫。一个人怎么摔跤?摆的是个擂台,有各路好汉屈尊上阵,指点一二,在下奉陪给各路好汉做个沙袋子,您就可着性地摔,摔断了胳膊腿,不要您接骨,一跟斗摔死了,您拍打拍打屁股就走人,掩骨会自然会来收尸。怎么着你就这样不值钱?家里有高堂老母,偏我又没有出息。只是有话在先,陪您练腿脚不能白练,您得先给我放下两毛钱,三跤分胜负,您高抬贵手,手下留情,倒在一个把式的手下,不寒碜,放在这儿两毛钱,您就算是找一回乐,回家之后,我对老娘一说,我老娘也念您的恩德。哪位爷把我撂倒了,我拜您为师,只是这两毛钱,我可就收下了。往哪儿找这么大个头儿的沙袋去?"

　　第二天下午,常副爷走到老地道东口,就看见靠近新货场的一片空地上围着一群人,常副爷还以为是交通堵塞,走过去一听,人圈儿里传来了卖艺人的声音。铁路警察管不着这一段,常副爷就想从人圈儿外边走过去。可是才走到人圈外边往里一看,卖艺的人好面熟,似在什么地方见过。常副爷身为公职,和江湖上人从来没有来往,怎么想常副爷也想不起来自己的亲朋之中会有摔跤的把式。停住脚步再看,认出来了,在人圈儿里摔跤作艺的汉子,就是昨天和乞丐为了争地盘争吵起来的那个把式。

怎么跑到这儿打场子卖艺来了?老地道治理得见成效了,早先,老地道太乱,只是小绺和乞丐的天下,如今行人来往有序,自然也就有人到这儿打场子作艺来了,也算做了一件好事吧,不是说穷帮穷吗?

信步走着,常副爷走到了人圈外边,向里面看看,把式正说得高兴,突然人群中闪出一个通道,一个小分头大摇大摆地走了进来,小分头向把式拱了一下手:"幸会幸会。"说着,掏出来两毛钱,放在了地上。

"有罪有罪。"把式施礼致意,向小分头拱了拱手,随之把一件"褡裢"送了过去。

没有再多说话,两个人穿上"褡裢"就走起了鹰步,围着场子转了一圈,两个人又面对面站好,"嚓"的一声,就相互抓住了对方的肩膀,左摆右晃,就较起劲儿来了。

把式果然好功夫,步子走得有章法,看热闹的人一阵一阵地叫好,几个回合走过,就看见小分头一使劲儿,"咚"的一下,给把式来了一个背口袋。顺势,把式倒在地上了。

"啊!"看热闹的人一起喊了一声,似是对把式的挨摔感到意外。过了一会儿,把式从地上爬起来,向小分头施了一个大礼:"在下有眼不识泰山,爷,收了吧。"表示再不敢和小分头比试了。

小分头当然不肯罢休,一挥胳膊又走了过来,二话没说抓起把式就往外扔,可是这次他没扔动,把式忽然变成了一块石头。小分头没有得手,正想着再把把式抓住,这时就看见把式一顺手,就把小分头放在地上了。当然放得很轻,放倒的时候,把式还托了小分头一下。

把式过去将小分头扶起来:"得罪得罪。"再三地表示歉意,"一胜一负,平手,爷,咱们明天再见。"把式要给小分头留个面子,花两毛钱找回乐,算了。

小分头当然不服,"啊"的一声喊叫,就向把式扑了过来,把式顺势一闪,小分头眼看着就要摔在地上了,这时把式又闪回来把小分头扶住:"爷,这次是你失脚。"小分头三跤两败,没趣地从人圈里走出去了。

摇了摇头,常副爷叹息了一声。这年月,爱叹息的人,就一声一声地叹息,叹息就是同情,就是好人的表现,没有同情心的人不叹息。人家看着还奇怪,问为什么一条好汉要这样低三下四地挣钱?痛痛快快地把小分头撂倒不就完了吗,何必一定还要让他胜了头一跤?第二跤把他放倒,还得把他扶起来,第三跤说是他自己滑倒的,不算输。不就是为了两毛钱吗,怎么就受这份儿孙子气呢?

常副爷也算是见过世面的人了,他不替把式感到委屈,反而为把式高兴,总算是挣到两毛钱了,再上来三五个人,他今天就过去了,棒子面儿就有了。唉,不容易,活着,就不容易。

才转过身来要往回走,一抬头,进士乞丐脑袋上正顶着一顶纸帽子在人群外走动。这种纸帽子有二尺长,上头尖尖的,顶头上还挂着一绺红纸穗儿,怕给天津卫老少爷们儿添"损",像是顶着孝帽子似的。这种纸帽子,中国人并不陌生,天津卫捉着鸦片烟鬼,就给他戴上这种高帽子游街,后来也曾用这种高纸帽子。笔者本人就是戴这种高纸帽子的老手,无论帽子多高,不用手扶,五级风以下,保证吹不倒。

革命年代戴纸帽子的事,此处不说,怎么今天进士乞丐也戴上这种高纸帽子了呢?常副爷抬头一看,明白了,那高纸帽子上面写着四个大字:"小心扒手"。做好事,看着今天老地道热闹,怕过往的行人疏忽大意,光顾着看热闹,一不留神,被小绺掏了钱包,一个月的薪水没有了。

戴上高帽子,乞丐一变成为进士爷,他再不乞讨了。提醒人们"小心扒手"算是公益宣传,于己于人都有好处。常副爷看看乞丐，没有说话，乞丐自然也看见常副爷了，他也没有龇牙，没有和常副爷打招呼。规矩！无论私下里有多深的交情，公务段，只装作互不相识，免得有麻烦。抬手扶了一下高帽子，乞丐又挤进人圈儿里晃荡去了。

　　常副爷铁路警察，还是不管这一段，从人圈儿外边走过去，连看也不往里边看一眼。倒是常副爷一转身，正看见人六儿从人圈儿里挤出来，好像还抬头看了常副爷一眼，也是装作没看见，一低头，又钻到人圈儿里去了。

　　"好！""好！"就听见人圈儿里一阵一阵的叫好声，想必是把式把什么人撂倒了。

　　"地面上兴旺。"常副爷在老地道来回地走了几趟，刚在道边上停下脚步，背后就传过来了小翠儿的声音。

　　"呸！"常副爷恶汹汹地啐了一口唾沫。"你总缠着我干吗？"

　　"说说话。"小翠儿在后边对常副爷说着，"这就对了，与人方便，与己方便，有副爷一成全，大家就有日子过了。昨天说好了的，人人有份儿，把式拿五成，副爷两成，进士两成，还有我一成，人六儿的份儿自己去挣。"

　　"你们这是……"常副爷没有转身，只是悄声地向后边的小翠儿问着。

　　"把式说了，副爷厚道，就在这儿撂地了，三不管太克扣人，挣一天落不下几个钱，全让人份儿拿走了。把式说，每天来收人份儿的有十几号，白给他们挣了。可是进士爷乞丐说了，这地面是他的，要想在这儿撂地，得有他一个人份儿。您瞧，如今他不乞讨了，戴着'小心扒手'的高帽子给人六儿打托儿。明白吗？人们一看见这顶高帽子，身上带着钱的人就要捂口袋，这一下，人六儿就知道该往哪儿'贴'了。我亲眼见的，他已经下了好几次货了。"

哦，明白了，常副爷茅塞顿开，他明白这是怎么一回事了：把式拉场子卖艺，乞丐让地盘坐享份儿钱，再戴上高纸帽子给人六儿打"托儿"，把过往的行人引过来，身上带着钱的人看见"当心扒手"的高纸帽子一捂口袋，人六儿就知道"货"在什么地方了。"呸！"吐了一口唾沫，心里骂了一句"下三滥"，常副爷真想挤到人圈儿，给看热闹的人提个醒儿，钱财上一定要格外小心。

才走到人圈儿外边，就听见人圈儿里边把式的说话声："练的是腿脚，玩的是功夫，几位爷捧场，脚底下留情，场面上让着我，这才有我一口饭吃。诸位爷在这儿看热闹，把式提醒诸位爷一句话，当心扒手，您老可是别光顾着看热闹，忘了口袋里的钱财，一不留神，钱财让小绺偷走了，把式我就于心不忍了。"

"哦。"常副爷点了点头，总算还有个好心人。

把式的话没有说完，就看见刚才被把式撂倒的那个小分头正引着一个大胡子闯进了人圈儿。一眼，常副爷就认出了这个大胡子原来就是昨天追着打人六儿的那个恶汉，把式昨天和他说过话，更不会忘记，看着大胡子走进了人圈儿，把式退后一步，拱手相迎，这时小分头气势汹汹地冲着把式说起了话来："把式，还认识我吗？刚才我让你撂倒了。"

"哎哟，爷，你可是太宽厚了，刚才你自己脚下滑了一下，再不和我一般见识了，我才把您送出了场子。"把式低三下四地赶忙过来向小分头致歉，还向大胡子施了一个大礼。

"少跟我上生意口。"小分头一挥手，打断了把式的话，随之他把大胡子引上前来，又对把式说道："今天我把我师傅请来了，你不是一场二毛钱吗？今天我下两块钱，三跤两胜，你把我师傅撂倒了，这两块钱归你，我还给你作三个大揖，服了，我拜你为师。"

"不敢，不敢。"把式见小分头来者不善，立即又后退了一步，还不容他再说话，大胡子早一步走上来，一把就抓住了把式的褡裢。

"二爷，脚下留情。"把式的话才说出口，"啪"的一声，把式就被大胡子摔倒了。

"起来，起来，别跟我玩虚的。"大胡子向把式挥了挥手，趾高气扬地向把式说着，只是还没容把式站起身来，大胡子又一步蹿了上来，一把抓住把式，说着，就将把式抢了起来，把式毫无防备，连挣扎也没挣扎一下，就又被大胡子扔到地上了。

这一跤，摔得好重，把式倒在地上缓了好半天，过了好一会儿，把式才从地上爬起来，向着大胡子就作了一个大揖："爷，在下有眼不识泰山……"

大胡子正在兴头上，连看也不看把式一眼，一步跳过去，冲着把式就是一脚，这一脚踢得狠，把式几乎被踢到人圈儿外边去了。

"啊！"看热闹的人们炸开了。

这不是摔跤，这是闹事，明明是小分头要报一箭之仇，这才把大胡子找来，要给把式一点儿颜色看看。只是报仇也没有这样下狠手的，已经摔了三跤了，撂倒也就是了，杀人不过头点地，怎么还踢人呢？只是，踢倒了把式，大胡子还不解气，抓起把式，又是狠狠一抢，这一下，把式真的被扔到人圈儿外边来了。

"给你立点儿规矩，知道这是谁的天下吗？老地道，铁路警察都管不着这一段，你也敢到这儿来打场子，还把我的人放倒了。起来，报报门户，你是哪条船上的？"大胡子冲着把式喊了起来。

没等把式回答，大胡子又恶汹汹地冲了过来，站牢脚步，又要向把式踢过去，只是还没等大胡子抬腿，就看见从人圈儿外走过来一个女人，娇滴滴的一句话，把大胡子拦下了。

"我说，这是怎么的了，自己人跟自己人怎么就能耐这么大呢？"说话的是小翠儿，她叼着烟卷儿，嗑着瓜子，摇摇晃晃地就走了过来。走到大胡子身边，小翠儿将身子往大胡子身上一靠，随之就把自己嘴上叼着的那支香烟，塞到了大胡子的嘴里。"走，有话跟妹子说去，不就是一个人份儿吗，跟我要就是了么。"

说罢，小翠儿就把大胡子引走了。小分头见他的师傅随小翠儿走了，他就在后边跟着。小翠儿一回头向小分头吐了一口唾沫："呸！没出息的玩意儿，请师傅，算不得是条汉子。"小分头自觉没趣，也就自己走开了。

看着把式被人狠狠地摔在地上，常副爷心里极是同情，他有心过去把那个大胡子拉开，摔人不能下狠手，撂倒了就完，何必这样解气？可是铁路警察管不着这一段，他只能心里愤愤不平，但不能干涉，连一句话也不能说，看不下去，只能自己走开，天底下不公的事多着呢，你管得过来吗？

……

"副爷。"

天黑时常副爷下班，才走出老地道，就听见背后有人招呼了自己一声，回头一看，把式。

"你还没回家？"常副爷不无同情地说着。

"我在这儿候着副爷了。"把式恭恭敬敬地说着。

常副爷抬头看了看把式，把式刚刚受了大胡子的欺侮，此时还捂着一只青紫的眼睛，头上也肿出了一个大包。大胡子太不是东西，人和人有什么过不去的仇怨，怎么就下得去这样的狠手。

"你呀，打场子作艺，不就是为了挣钱养家吗？犯不上惹他们。"常副爷同情地说着。

"不是我惹事，副爷不知道这里面的规矩，这是杀威棒，无论你惹他不惹他，他都要出来给你点儿颜色看。挨他几脚，我没还手，我们这是心照不宣，以后，他再不砸我的场子了，也没有别人敢来和我捣乱了，我按天给他份儿钱。副爷，您老是不知道，我请还请不来呢，这是人家看我是条汉子，才出来和我较量的。看你不够份儿，理也不理你，卖一天艺，乖乖地，你得走人，第二天再来，就过来人砸你了。副爷，您应该为我高兴，我有饭吃了。"

"唉，人活在世上，还能有饭吃，也真是太不容易了。"常副爷摇了摇头说着。

"副爷。"把式整理衣服，又对常副爷说着，"今天我高攀一步，您也屈尊一步，咱们再大的地方也去不起，就这儿附近有个小酒铺……"说着，把式引着常副爷就往远处走。

"不行不行，我有公务在身。"常副爷往后退缩着说。

"什么公务呀，您不是已经下班了吗？下了班，上边就管不着您老了，今天就算是您赏我一个面子，您不去，我明天就不敢再在这儿打场子了。"

看着把式确实是一片诚意，常副爷又推辞不开，没有办法，常副爷只能跟着把式上小酒铺喝酒去了。

酒过三巡，把式微微地有了一点儿醉意，酒后吐真言，把式和常副爷说了起来："我能有这碗饭吃，先要感谢副爷治理老地道有方。副爷不是外人，我和你直说，我是个走投无路的人了，但凡有一线之路，我不到这儿来和进士爷抢这碗饭吃。怎么好好的一条汉子，就落到了这步田地了呢？您是铁路警察，我呢，是专门在您手下犯事的黑旗队。黑旗队怎么出来打场子卖艺？我没混好。人家黑旗队有帮有伙，我是外来户，单枪匹马，只给人家卖命，好事没有我的份儿。上次黑旗队从火车上摔下来几个大兵，路局一定要缉拿人犯，差点儿让他们把我卖出去，其实那还不是我干的，可是咱不是后娘养的吗？人家是'发小儿'弟兄，犯了事，你护着我、我护着你，一定要出一个人顶缸，没商量，只能卖你。一看事情不好，我是三十六计走为上，好离好散，我洗手不干了。这么着，我出了黑旗队。"

"嗯嗯。"常副爷一面喝着酒,一面应声地说着,"我是在明道上没混好,落到老地道来的;你是在暗道上没混好,也落到老地道来了。"

"副爷说得透。您没混好,是因为您不肯跟着上头做坏事。上头怎么着就看中了一个人?什么叫才干?就是他要你给他做坏事?您和上头犯顶,不肯做对不起祖宗的事,他就看不上您,可是他又说不出理由,这样,就把您放到老地道来了。"

"哎哟,把式,你说得对。"常副爷遇见知音,一高兴,举起酒杯,又喝了一大盅。"为什么下边手狠?那是因为上边心黑,路局跑两趟车,你没给上边孝敬好处,第二天就把你下了,人家嫌你笨。心灵的人多得是,人家凭什么要用你呢?不用说话,好处就送上来了,你说说,放着这样的人不用,人家用你个老木头疙瘩做什么呢?放到老地道去吧。"常副爷愤愤地说着。

"副爷,这又是您想错了。"把式打断常副爷的话说,"就是把您放到了老地道,上边也还是要看您的做派,立马把好处送上去,老地道就待住了。再不透气,说句难听的话,下次该派您看茅房去了。车站里边不是有茅房吗,放个人维持秩序怎么就不应该呢?"

"我还得给他们送好处?"常副爷放下酒杯问着。

"不必。"把式回答常副爷说，"当初上边把副爷放到老地道来的时候，就没打算从老地道捞什么油水，他们若是想到有一天老地道会治理得有了秩序，早也就不派副爷到这儿来了。"

"兄弟说得有理。"常副爷酒量不大，才喝了两盅，就和把式称兄道弟地近乎起来了。

"可是如今不比昔日了。"把式把一只手放在常副爷的手背上，更是知心地说着，"没有不透风的墙，何况上边那些人整天就是盯着你榨油水，你不给他送好处，他也不会放过你。"

"不瞒兄弟，这一个月我收了十元钱的外快。"常副爷不会说谎，马上就把自己收好处的事告诉把式了，随之常副爷又对把式说着，"明天，我就把这十元钱送上去。"

"不能！"把式一挥手打断了常副爷的话，然后又给常副爷满上了一盅酒说着，"那些人没有好心肠，你给他送去了十元，他猜想你'刮'了一百元，你孝敬他一百元，他说你搂了一万。"

"那我该怎么办？"常副爷着急地向把式问着。

"这不是眼看着快过年了吗，你到你们警长家里去一趟，多多少少给他买点儿东西，也别买太贵重的，还得让他看出来这是你自己掏腰包给他买的东西……"

"我给他买毒药！"常副爷恶狠狠地骂着，"他是什么东西？我到局子里来的时候，他才是个见习，见了我他得给我敬礼。"

"好汉不提当年勇，现如今人家不是在咱上边了吗？人家就是爷。"

"哼。"常副爷轻蔑地哼了一声，随之才老大不高兴地说着："给他送礼？我没有那份闲钱。"

"这份孝敬警长的闲钱，我出了。常副爷，您看出来了，我借着您的威风，在老地道挣一份儿挨摔的钱，虽说这钱挣得不容易吧，可是到底不还是把钱挣到手了吗？挣着了钱，我就不能忘了您的恩德，说好的，有你一个人份儿，我是按月地孝敬您。"说着，把式就把一个小纸包塞在了常副爷的手心里。

"唉，"常副爷叹息一声，推让了一下，说着，"看着你让人摔得鼻青脸肿的样子，我收你的钱，于心不忍。"

"您是一片佛心，可是您知道佛经里有送子喂虎的故事吗？一只老虎饿疯了，要伤人，一个善心人看着老虎挨饿可怜，就把自己的儿子送到山里喂了老虎。"把式有学问，向常副爷说着。

"既然有这份佛心，他怎么不把自己送进山里去喂老虎呢？"常副爷摇了摇头说着。

"您比送子喂虎的佛门子弟的心还善。等您有了房子，我给您挂匾。"

"用不着。"常副爷似乎有点儿醉意了，他用力地一拍桌子，向着把式几乎就喊了起来。"我还不图那个虚名，看着老地道交通通畅，看着老地道能给穷人开出一方地界来糊口谋生，就比给我个金元宝都高兴。我虽然没有治国之力，可是不能没有济世之心，看着大家伙都能有口饭吃，我心里就高兴。怎么你姓常的就有这样的一片好心？我一没有圣人的襟怀，二没有国父的理想，我还披着一身老虎皮，可是我是一个中国人，是中国人就得看着中国人挨饿掉眼泪，不掉眼泪，他就不是中国人。兄弟，和你说了吧，如今在老地道，我只有两桩心事放不下。"

"副爷，您说，嘛事办不成，我有胳膊根儿。"把式也带着三分醉意地说着。

"这不是你耍胳膊根儿的事。"常副爷摇了摇头对把式说着，"头一桩心事，是我看着人六儿可怜，他在老地道绺人家口袋，做的是缺德事。管吧，你不让他偷，他靠什么活？谁给他一天的饭钱？他还得养活着他老娘。看着他当小绺不管吧，虽然说铁路警察管不着这一段，可是看着丢钱的人，我也是心里不忍。"

"第二桩心事……"把式明明是说不出办法，便要常副爷往下说。

　　"第二桩心事,我看着小翠儿可怜,年纪轻轻的,还真有几分姿色,怎么就混到这步田地了呢? 长此下去,她又怎么交代呢? "说到此时,常副爷的眼泪都流下来了。"能够看着这两个人有了着落,我姓常的就算是对得起这一方百姓了。"

　　"是啊,是啊,我也看着这两个人可怜。"把式也叹息了一声,又向酒铺掌柜要了一壶老酒,他们两个人又喝起来了。

4

　　大年初三,当常副爷提着两瓶直沽高粱、两盒小八件来给警长拜年的时候,警长迎了出来,眨了半天眼,也没闹明白这个常警士是从哪儿弄来的闲钱,给他买这些东西。

　　"警长发财。"常副爷进得门来,先给警长行了一个大礼,然后才向警长说着拜年的吉祥话。

　　"常副爷发财。"警长也说了一句拜年话。

　　"同发,同发。"

　　"同发,同发。"两个人相互作了作揖,算是完成了外交礼节。

　　说过了拜年话,常副爷就站在了警长的对面。警长把常副爷让进屋来,也不让他坐下,更没有给他倒茶,就是木木呆呆地等着他走。常副爷似乎还想向警长说点儿什么,他就是不肯告辞,还傻呆呆地在屋里站着。

　　"老地道的秩序好些了吗?"难得警长还记得把常副爷派到老地道的事,没话可说,他就向常副爷问了一句。

"不是有意向警长表功,老地道可真是面貌改观了。"常副爷得意地说着。

"很好,很好。"警长毫无表情地夸奖了一句,就再也没有话说了。

平生头一次得到上峰的夸奖,常副爷有点儿受宠若惊,立时,他就向警长滔滔地说了起来:"警长初派我到老地道去的时候,老地道那才是一片混乱不堪了呢,地道两头,没有一点儿秩序,明明已经不通了,两头的车子还是往下走,一天少说也要堵塞两三次……"

"听说那一带更有小绺、野鸡扰乱社会。"警长一本正经地说着。

"就是的呀。浑水不是好摸鱼吗。老地道这样乱,自然就有坏人混迹其间做坏事了。如今已经是好多了,起码交通先畅通无阻了,老地道两头也有了小摊贩了,卖吃的、卖日用杂货的,连作艺的都到这里打场子来了呢。"

"哦,"警长点了点了头,心想,莫怪你有钱孝敬我来了呢,真也是太小气了,你刮了这么多,才给我送来两瓶直沽高粱,两盒小八件,看我不日后给你立规矩的。

"当然了,老地道虽然秩序好了一些,或是我们铁路警察,有许多事情是不管的。"常副爷向他的上司暗示,即使老地道还有小偷、野鸡,那也不能说是他没有尽职尽责,铁路警察不管社会治安,那些事和自己无关。

"别的事,我们都不管。"警长心不在焉地对常副爷说着,"我们只管交通畅通,还管缉拿黑旗队。"

"至于黑旗队,老地道是没有的。"常副爷向警长解释着说。

"是呀,是呀,老地道底下又不过火车,怎么会有黑旗队呢?"警长说过之后,就给常副爷拉开了房门,暗示他可以出去了。

常副爷也没有多少话好对警长说,行了一个举手礼,向警长告辞之后,常副爷就走出来了,警长也没有出来送常副爷,只是在常副爷身后说了一句:"有时间我到老地道去看看。"

"欢迎警长巡视。"常副爷转过身来,向警长行了一个举手礼,警长看也没看常副爷一眼,"当"的一下,就把房门关上了。

从警长家里出来,常副爷又来到老地道。大年初三,怎么常副爷也不放个假呢?路局的规矩,越是过年,越不放假,而路警们也是越到过年越往路段上跑。怎么就这么一心为公?谁也别说漂亮话,过年期间,差事上肥,油水大,谁也不能放跑了这个大好时机。

常副爷没有那种想法,他到老地道来,就是怕老地道没人管,会发生交通堵塞,才在警长面前报过功,万一大正月的出了事,老地道堵塞,行人扒火车道,出了人命,这一年的辛苦就泡汤了,一定要到老地道来看看,才能放心。

果然老地道秩序井然,过年,大马车不见了,做生意的乡下人也回家了,老地道两头显得格外的冷清,倒是把式还打着场子在卖艺,可是人六儿不见了,只看见乞丐远远地蹲在地道边上向人行乞,他也没戴那顶"小心扒手"的高帽子,也没往人群里挤,看得出来,今天人六儿没"上路"做活,进士乞丐只能自己乞讨了。

"副爷发财。"还是老规矩,乞丐站在常副爷的身后给常副爷拜年。

"你也发财吧。"常副爷头也不回地说着。

"我发财?"乞丐酸酸地似自言自语地说着,"副爷看见了,人人都有好日子过了,只有我,没有一点儿指望。前些日子,我给人六儿打托,他下货,分给我人份儿,也算是比向过路的爷们儿伸手讨的钱多。可是人六儿一连多少日子没露面,那边的地界又让把式占了,他们可就断了我的活路了。"

"人六儿呢?"常副爷抬头一看,果然没见着人六儿。大年初三,正是小绺们的好日子,他怎么不出来"下货"呢?

"听说是他老娘病重,这还是年前的事,说不定到如今他老娘已经没有了。"乞丐还是站在常副爷的身后说着。

"真若是利利索索的,他老娘也熬出来了。"常副爷同情地说着。

"把他老娘发丧完了,人六儿也就要走了。"

"他早就说过要卖兵的。"常副爷说罢,抬脚就向老地道对面走。谁料这时乞丐一步也跟了过来,追在常副爷的身后恶汹汹地说道:

"副爷,有件事,您不能不管。"

听乞丐说话的口气,似是他有了什么冤屈,常副爷停住脚步,听他往下说。

"副爷看见了,我够意思,把式在三不管让人挤对出来,到老地道落脚,是我把地盘让给他的。"

"老地道的地界还有主儿?"常副爷疑惑地问着。

"那是块儿旺地。"乞丐嘟嘟囔囔地说着,"我在那儿'坐地',不是一天半天了,把式说要在那儿打场子,我二话没说,就把那块儿地盘让出来了。原说好的,有我一个人份儿。可是如今人六儿不来了,小翠儿也靠上了把式,他还给我一个人份儿,我就亏了……"

"怎么?你说什么?"常副爷打断乞丐的话,向他问着,"你说小翠儿……"

"副爷还蒙在鼓里了呢,人家两个人早就过上了。"

"这不是好事吗?"常副爷舒出了一口长气,不无宽慰地说着。

"他们是好事,我呢?"乞丐越说越不合算,他由嘟囔变成气愤了,"他凭着地势旺,打场子摔跤,挣了钱还养了娘们儿。我呢?被挤到这么个背地方来,一天讨到手的钱,还不如过去一个钟头要的钱多呢。他才给我一个人份儿,不行。"

"起内讧呀?"常副爷抢白着乞丐说,"好容易把老地道治理出来了,大家才有了两天饭吃,自己就先闹起来了,我看,不到上边派下个心黑手狠的人下来,你们谁也不甘心的。"常副爷说罢,一转身,就走开了。

走出好远,常副爷还能听见背后乞丐嘟嘟囔囔的声音:"哼,别把我挤对急了,不让我过好日子,谁也休想好!"

5

老地道的风水越来越不济了。

常副爷终于不得不放下架子、转过身来和乞丐正儿八经地说话了。常副爷对乞丐说："你自己可是估摸着，自古以来，有饭大家吃，就是中国人做人的本分，搅和得大家伙都吃不上饭，也没有你的好日子过。你看见了，我可是没有任何贪图，局子里把我派到这儿来，也没吩咐我一定得把老地道治理成个什么样儿来，现如今交通通畅了，人来人往地，就有了风水了，大家也就有口饭吃了。你说还是乱乎着的日子好。老地道挤成一个死疙瘩，你在人堆儿里挤，人们嫌你埋汰，丢给你一个硬镚儿，远远地打发你走开，你就生意兴旺了？可是你也看见了，满天津卫被人挤对得没活路的人多得是，把式每天也是忍的孙子气，挣着挨摔的钱。他也没亏待你，占了你的地盘，有你的份儿钱，你嘟嘟囔囔地闹不合算，真砸了把式的饭碗，也没有你的香饽饽吃。我呢，早就估摸到了，别看局子里看不上我，可是抓不住我的把柄，铁路警察，他还扒不下我这身老虎皮来，大不了把我派去看茅房，也得有我一份差事。可是真再来一个人，心黑手狠，那可就有你的好日子过了。"

乞丐被常副爷数落了一阵，倒也没有多大的气性了。过了一会儿，他才又委委屈屈地对常副爷说道："副爷是好人，赏给大家伙一碗饭吃。我和他们不一样，他们全都是粗人，我有文墨，知书识字，不和他们一般见识。我呢，就是爱嘟囔，真格的，我也翻不起二尺浪来，真把把式惹火了，他伸一根指头，就把我撂倒了。副爷想成全这桩事，我也没有多大的出息……"

"我明白。"常副爷打断乞丐的话，说着，"你不就是想让把式再给你多加几个钱吗？"

"唉呀，副爷圣明。"乞丐立马就提着嗓门接上了话茬儿，"再给我一天多两毛钱。"

"行，这事，包在我身上了。"说着，常副爷就走开了。

这一天平安无事，老地道人来人往还是热闹非常，把式到了下午照常拉开场子卖艺，人们也还是照样围着看热闹。说是和平时也有点儿不一样的地方，那就是人六儿和小翠儿没到老地道来。小翠儿的事，常副爷知道了，积德行善，也算是自己做了一件好事，让把式有了卖艺的地方，把小翠儿养起来了。嘛叫夫妻呀，天底下有不配成家立业的人嘛，有个人帮着一起过日子，就是天大的福分了。再至于小翠儿，不出来卖身混事由，也就是做了娘娘了。倒是人六儿，似乎听说他老娘过世，他真能从此洗手不当小偷了，常副爷可就真是积了大德了。

晚上，把式的场子散了，还是和每天一样，总是把式以自己的失败结束了一天的卖艺生涯。前几个二愣子，一步迈进场子，一个回合就把把式撂倒了，趁着气盛，再交手，把式就不含糊了，倒是也客客气气，也还是顺势扶了一把，最后还是恭恭敬敬地把人送了出去，这二毛钱，就算是挣到手了。场子外边的人越聚越多，看热闹的火性已经燃烧起来了，再进来一位爷，把式一失手，就被人摔倒了。"摔死他！"场子外边的人一起喊叫。把式还没有爬起身来，最后上来的那个恶汉抬起腿来就是一脚，又把把式踢倒了。把式趴在地上认输。没那么便宜，第三跤摔得更狠，恶汉们看着出了气，一哄而散，场子里的把式几乎被摔得爬不起身来了。

"啪嗒啪嗒"，拍拍身上的土，把式倒没有叹息，挣的就是这份钱么，不让人把你撂倒，今天你就休想散场，不是总得让爷们儿胜吗？把钱扔下，爷们儿高高兴兴地走了，这就是人生。

"副爷辛苦。"把式走到常副爷的身边，向常副爷说着。

"没摔伤筋骨吧？"常副爷关心地问着。

"给他个面子,咱不是没理吗?真论起来,他十个也上不了前儿。"把式低声地说着,转身就要往回家的路上走。

"把式,有句话,我对你说说。"常副爷唤住把式,面对面地向把式说着。

"副爷吩咐。"把式懂得规矩,恭恭敬敬地听着。

"直说了吧。"常副爷迟疑了一会儿,对把式说着,"臭要饭的想多向你要两毛钱。"

"怎么?他还要加码儿?"把式惊讶地向常副爷问着。

"看着你挣得多了,他就眼红。"常副爷对把式说。

"好,我给他加两毛。"把式痛快,当即就答应了下来。

"难为你了。"常副爷真是一片好心,他竟然安慰起把式来了。

把式说着话,忙着回家,才走出几步的距离,他又回过头来向常副爷说道:"既然副爷成全这桩事,那就请副爷转告进士爷一声,加份儿钱,我认了,就是得容我几天时间,等人六儿还了他欠我的钱,立马儿,我就给进士爷。"

"怎么?人六儿还欠着你的钱?"常副爷追问着说。

"他老娘过世了。"把式回答着说。

"你帮着他发丧他老娘了?"

"我哪里有力量帮助他发丧老娘呀?"把式回答着说,"这一连一个月,他老娘病重,人六儿得时时在家里守着,不能上路做活，可是大胡子的份儿钱还得照样每天地交。我对小翠儿说了，让人六儿在家里尽孝吧，不就是每天五毛钱吗……"说着，把式抽了一下鼻子，他还真动感情了。

"哦……"常副爷只是"哦"了一声，他也觉得嗓子眼儿哽得慌，咽了一口唾沫，他也就走开了。

这一夜，常副爷没有睡着觉。

这许多年，无论是在车上，还是在路段上，常副爷也算是见过世面的人了，在车上敲诈那些跑生意的人，总觉得他们赚着大钱，而自己不过是从他们身上挤点儿油水而已；只有到了老地道，常副爷才看见那些走投无路的人，从他们身上，你什么油水也榨不出来，倒是你不时地就会同情他们，总恨自己不能帮助他们过上点儿好日子。一个一个地和这些人混在一起，常副爷也感到一种厌恶，乞丐、人六儿、小翠儿，加上把式，没有一个正经人，可是透过他们让人厌恶的表层，有时，你还真能看到一点点人性的火花，就只是一点点，也让人为之感动，也能让你在暗夜里看到一点光明……

翻来覆去的睡不着觉，常副爷早早地就爬起来了，看看表才 4 点，水铺才刚开门，常副爷提起大铜壶，走出院门，到胡同口上那家水铺打水去了。

天津卫老习惯，家家户户早晨不点火，胡同口有水铺，一过了后半夜 3 点，就点火烧开水，常副爷每天早晨一壶开水,一定要喝滋润了,才到局子里去。

"副爷。"

常副爷住在贫民区,胡同很深,没有路灯,早晨4点天还没有放亮,提着大铜壶走出家门,就听见有个人在唤自己"副爷",立马打了一个冷战,常副爷大声地问了一声:"谁?"

"副爷,吓着您了,我是人六儿。"站在胡同口上和常副爷说话的人,是人六儿,黑暗里看不清楚人六儿是副什么样子,但听那颤颤巍巍的声音,他似是碰上了过不去的难事,这才等在常副爷家胡同外,等着和常副爷说话。

听出是人六儿的声音,常副爷向前迎了一步,还没容常副爷问话,人六儿又咕咚一下跪在了常副爷的对面,"咚咚咚",给常副爷磕了三个头。

常副爷倒也没有吃惊。人六儿的母亲过世了,孝子头,满街流,服孝的儿子,无论见了什么人,都要给人下跪磕头,对自己未能尽孝向亲人们谢罪。

"您老娘的罪是受到头了,你的罪也快受到头了。"常副爷安慰人六儿说着,随之,常副爷还从口袋里掏出一张票子,不多,五毛钱。"拿去,给您老娘烧点儿纸钱儿吧。"

人六儿没有去接常副爷手里的钱,他还是跪在地上,向常副爷说着:"副爷积德行善,帮助我走一条明路。"

常副爷一听这话不对,当即就向人六儿问着:"你打算怎么着？"

"我卖兵了。"人六儿回答着说。

"也好。"常副爷点点头说，"总比在老地道混日子好，做那种缺德事，也是愧生人世了。"

"只是，还要求副爷帮我个忙。"人六儿还是跪在地上说着。

"您老娘已经过世了，你又没有什么割舍不下的事情，还要我帮你什么忙呢？"常副爷不解地问着。

"副爷得送我上火车。"人六儿央求地对常副爷说着。

"哎呀，你这话我就听不明白了，你卖兵，一走了之，怎么还要我送你上火车呢？快起来，有话好好说。"说着，常副爷就想把人六儿拉起来。

只是，人六儿就是不肯站起来，他跪在地上向常副爷央求着说："副爷不答应送我上火车，我就不起来。"

"我明白了。"常副爷叹息了一声说着，"孤身一人，卖兵走了，连个送行的人都没有，心里委屈得慌……"

"我不求那份体面，我我我……"说着，人六儿已经是委委屈屈地哭出声来了。

"别哭，别哭，有话慢慢说。不过，你一定得站起来说。"说着，常副爷把人六儿拉了起来。

站在胡同口的墙角里，人六儿把央求常副爷送他上火车的原委,对常副爷一一地说了起来——

人六儿卖兵,走投无路,也就是豁出死路一条了。人六儿说,卖兵得了十元钱,他还了欠把式的债,无债一身轻,谁也管不着人六儿了。可是,还有一个大胡子,人六儿每天"下货",得给大胡子交份儿钱,就是在家里守着要死的老娘,份儿钱也是一分钱不能少,如今人六儿卖兵想一走了之,没那么便宜。大胡子早撒下人到兵站等着去了,见着想洗手不干的,抓回来,狠狠地一顿教训,还得乖乖地给他"下货"。

"我能有什么办法呢?"常副爷束手无策地问着。

"我从卖兵的十元钱抽出二元钱,买通了兵站的老总,他答应我可以不跟着大流过站台……"

"那你怎么走呢?"常副爷向人六儿问着。

"您是局子里的人,求您老带着我从车站后边绕过去,老总说了,闷罐车就停在叉道口上……"

"哦。"常副爷明白了。

人六儿发丧完老娘,想洗手,卖兵离开天津,他再不当小绺,做那种伤天害理的事了。只是,大胡子不放他走,大胡子一番心血把人六儿从一个流浪儿"造就"成了一个小绺,如今你想一走了之,没这么便宜。怎么办?人六儿想到了常副爷,央求常副爷带他从后边绕进车站,到叉道口,上闷罐车厢。人六儿怕进站口上大胡子派下人"卧底",把他捉住。

"可是,可是……"常副爷有些为难了。带人绕道进车站,历来是铁路警察挣钱的一条道,谁身上带着什么犯禁的货,怕检查,有个铁路警察引着,和站台上的弟兄一点头,过去了,从叉道口上,就登上火车了。上次常副爷把一个走私的烟贩子从车上揪下来,丢了跑车的肥差,就是不知道这里面的规矩。

只是呢,莫看带人进站是一条挣钱的道,把上边打点痛快了,上边一眼睁,一眼闭,装作不知道;上边看不上的人,盯着你,万一被上边捉住,饭碗就丢了,常副爷的这身老虎皮就要被人扒下来了。

"难呀!"常副爷摇了摇头说着。

"我知道这是给您添麻烦。"人六儿苦苦地央求着常副爷说,"我实在是逃不出大胡子的手心儿,每年山东来人带兵,他都在站台、天桥派下人,也每年都从站台、天桥上抓回来过人。您老不帮助我,我就得还在他手底下做小绺,您看见了,缺德呀。救人救到底,送人送到家,人六儿也就是最后求副爷一次了,好歹我在外边混出点儿人模样来,我一定会回来感谢副爷的。"

"唉!"常副爷又摇了摇头,叹息一声,才又向人六儿问道:"你什么时候走?"

"现在就走。说是6点廾车的。"人六儿看了看天时,回答着常副爷说。

"罢了，我也是豁出去了，就算砸了我的饭碗，把你救出火坑，我也心甘了。"说着，常副爷把大铜壶送回家去，披上他的老虎皮，就带着人六儿向车站走去了。

事情比常副爷想的要简单得多，常副爷在前，人六儿在后，到了车站，没走正门，绕到货场，围墙边上有一个豁口，天还没有放亮，身子一闪，他两个人就钻到车站里面来了。在火车道上迈过来、迈过去，远远地看见叉道口上停着十几辆闷罐车，车门半开着，明明是等着人六儿上车，常副爷向人六儿一挥手，告诉他只管向前走就是了，这时候，人六儿突然回身向着常副爷跪了下来，"咚咚咚"，磕了三个头，然后从地上爬起来，就向闷罐车跑过去了。

常副爷不放心，他远远地向闷罐车看着，果然人六儿纵身一跳，就跳进闷罐车里去了。"唉！"常副爷又叹息了一声，一块石头落了地，他回身向站台口走回去了。

才走出没几步的距离，就听见背后一声巨响，"咕咚"一下，明明是一样东西被人从车上踢下来了，常副爷猛一回头，正看见人六儿趴在了铁道上。

常副爷还没闹明白是发生了什么事，"嗖"地一下，又看见一个人从闷罐车上跳了下来，"好你个小王八蛋，到底把你'憋'着了。"

天时已经微微地放亮了,蒙眬中,常副爷看见刚刚跳到地上的大胡子一把将人六儿从地上抓了起来,抡起胳膊,一阵风,就把人六儿扔到铁道边儿上去了。

　　人六儿连哼都没哼出来一声,就昏死在铁道边儿上了。

　　常副爷忘了自己的身份,回身就往人六儿身边跑。这时候大胡子早追了过来,照着人六儿又狠狠地踢了一脚:"我早就估摸着你有这一手,站台口、天桥上都没看见你的影儿,有人带你从后边绕过来了。小王八蛋,到底你大胡子爷比你机灵,爷到车里等你来了。"

　　看着大胡子踢着不省人事的人六儿,常副爷站住了脚。他想过去把人六儿抱起来,可是他的双腿迈不开步了,他全身哆嗦着,连走路的力气都没有了。

尾声

一纸布告，常副爷被局子里革职除名了。

本来，按照路规，铁路警察单独是一个系统，类如常副爷这样的违纪行为，是要送上法庭受审的，但是念常副爷多年来在局子里尽职尽责，没有功劳有苦劳，所以从轻发落，只以革职论处，也就不作刑事追究了。

不过，有件事要说明白，常副爷被革职，可不是因为送人六儿上车的缘故，如果引人上车也算是一种罪名的话，那铁路警察局就要解散了。常副爷被革职，是因为他犯下了为公职所不容的大过错——窝藏黑旗队。

当警长把常副爷叫到警长室，并把一封举报信拿出来给常副爷看的时候，常副爷一句话也没说，乖乖地就自己把那身老虎皮脱下来了。

没想到，老地道还真的有"高人"，别管文辞通不通、也别管字写得好不好吧，反正这是一封信："今写信不为别事，只为老地道铁路警察常副爷窝藏黑旗队罪证如山……"

常副爷默默地走出铁路警察局,脑袋瓜子里一片空白。他既没有愤怒,也不感到委屈,就是一步一步地往回家的路上走着。大胡子是江湖上的人,把人六儿抓回来也就是了,他不得罪常副爷,谁知道哪块砖头绊倒人?倒是有人写了一封举报信,窝藏黑旗队,事情闹大了,路段上说抓黑旗队,正愁不知道抓谁好,正好有一个洗手的黑旗队,就在老地道上卖艺摔跤,送上门来的好货,就把他抓来交差了。抓到黑旗队,还要革除一个失职的路警,常副爷正好是这个角色,除名了,路段上也就清净了。

走回家来,什么话也没说,一头倒在炕上。常副爷一觉睡到第二天下晌,他女人也不叫他,早就看见他没穿那身老虎皮回来,知道他的差事丢了,睡个舒心觉吧,这世界什么属于他的东西也没有了,只剩下睡觉了。

睡到第二天晚上,他女人说也该吃饭了。吃什么呢?不能吃一身的清白呀,常副爷懒洋洋地走出家门,想找朋友谋个挣钱的道,无论是什么差事都干,看大门,守夜,哪怕是扫院子……

信步走着,不觉间竟然又走到了老地道,也是这些日子这条道走熟了,一抬头,已经走到老地道东口来了。

走着,走着,常副爷觉着走不动了。人挤人,人挨人,常副爷被挤到人堆里来了,再看老地道,地道底下,两头来的车子碰在了一起，你也上不来，我也下不去，把个老地道堵得水泄不通，常副爷被挟在人堆里，已经是连身子也转不过来了。

着急也没有用，挤住了，就得等着再疏通开，除非你长出翅膀来，飞出去，否则你就只能等，等到明天也要等。耐不住性子，犯了心脏病，死在了人堆儿里，你也得立着死，连放躺下的地方都没有。

就是觉着身后有个人拼命地往里挤，前边的人回头申斥："学生怎么这样不守秩序？"后边的人还是挤，常副爷回头一看，人六儿。他又穿上那套学生制服了，像是放学忙着回家的样子，就在人堆儿里挤，人六儿似是看见常副爷了，没说话，眼窝似是红了一阵儿，抽了一声鼻子，转过脸去，就消失在人堆儿里了。这时候，就听见有人喊："抓小绺呀，我的钱包没了。"没有人应声，也没有人理会，更没看见人六儿跑，身边又平静下来了，常副爷还是在人堆儿里挤着。

"过路的君子们，帮助我一把吧，我是一个读书人呀……"极熟悉极熟悉的声音，看不见人影，乞丐就在常副爷的身边挤过来、挤过去，有人骂着："躲远点，臭要饭的。"似是扔过去了一个硬币，乞丐走开了。

也不知道在人堆儿里挤了多长时间，终于松动开了，常副爷随着人流走出了老地道，才走到西口，就听见背后有人向自己招呼了一声:"副爷。"回头一看,小翠儿。

"唉!"常副爷叹息了一声,不想和小翠儿说话,低着头赶自己的路,倒是小翠儿从后面追了上来跟在常副爷的身后,向常副爷唠叨着:

"把式进去了,我又出来混事由了。你瞧,这儿又是老样子了。您好心,想把老地道治理出个样儿来,你瞧见了,什么也休想变了,谁也变不了了,就是您老把老地道变了个样儿,过了几天老地道又变回来了。这样,不也是蛮好吗?我一是可怜副爷,二是可怜把式,怎么就让你们替大伙背了这口黑锅呢?他顶了个黑旗队的罪名,您顶了一个违法乱纪的过错,就又按着人家给咱规定的活法活下去了,这世道,我看也就是这个样儿了。唉,副爷,我就不陪您说话了,我看那边过来人了……"

说着,小翠儿匆匆地向着对面走过去了。

注:小绺:扒手。

棒槌

小棒槌姓田，叫什么名字无关紧要，在所里，人缘儿好，大家只叫他小棒槌。有什么事情，"派小棒槌跑一趟"，于是这个姓田的小伙子，立马就"颠儿颠儿"地跑出去了。不多会儿的时间，小棒槌回来，向警士、所长报告说事情办妥了，警士、所长们连头也不点，小棒槌自己也不表功，立即回到他的小屋，抄他那没完没了的公文去了。

　　如此大家就听明白了，小棒槌是所里的录事员，什么"所"？派出所。有话在先，是旧中国的派出所。和新中国的派出所不一样，新中国的派出所，为人民服务，有困难找民警，无时无刻不为居民着想。我自己就得到过民警的帮助，有一个人答应说给我换房，说是已经都和对方说好了，拿他的好房子换我的破房子。真没想到天底下还有这么好的人，给上边打了多少次报告，申请一个书房，上级就是不理睬，如今有人居然白送给我一个书房，你说这不是雪中送炭？给著名作家解决实际困难，来日我成了大师，有人为我作传的时候，我一定求他把那位送我一间书房的人写进去，这一小节文学的标题，就叫"爱心下升起了一颗巨星"，如果我能成为巨星的话。

高高兴兴，跑到派出所去办手续。民警知道我是一个书呆子，就向我询问换房的情况，当我告诉他说有人拿出三间房换我这两间房的时候，民警立即就询问我对方的情况。我告诉民警说，对方的三间房在丁字沽北街，民警一听，就挥手对我说道："你可别上那个鬼当！丁字沽北街，我知道，那是地震之后建的简易房，已经二十年了，也到了该推倒重建的时候了，你现在住的这两间房，是市里分配给你的，正儿八经的优质房。你可别信那些房虫子们的花言巧语，换房的事，你不懂。"民警尊敬作家，只说我不懂，没说我是棒槌。

就这样，我没上房虫子的当，我心里对民警的感激，那真是溢于言表了。

如今要写的是旧中国的派出所。新中国成立的时候，我十四岁，对于旧中国的一切只有理性的认识，缺乏具体的了解。旧中国腐败，旧中国的派出所更是一个黑窝，新中国成立之后，凡是旧中国派出所的所长，都受管制，有罪恶的还判刑。我曾和一个旧时代的警长编在一个改造小组里，他总向我揭发旧中国派出所的罪恶："在派出所干了三年，吃馆子就没掏过一分钱，夜里查旅馆，哪个姐儿骚，就找哪个姐儿的麻烦。"

"吃饭不付钱,是你占了饭店的便宜;找娘们儿麻烦,你能得什么好处呢?"我好奇地问着。

"你永远明白不了,对牛弹琴,若不,怎么就说你是棒槌呢?"人家嫌我智商太低,不和我一般见识了。

说一个人对一种什么事情一窍不通,这个人就是棒槌;而田棒槌虽然在派出所做录事员,但他对派出所的事情也是一窍不通,所以大家也才叫他小棒槌。

录事员,不算派出所的编制,派出所有所长、警长、警士,录事员是编外人员,拿薪水,没有名号。有人问,老弟在哪里恭喜?你不能说是在派出所里当录事,只能回答对方说"没有准事由",表示你没有正式工作。

派出所怎么还有一个录事?等因奉此的公文太多,往局子里送人,都要带上公文。一个派出所,从所长、警长,到十几个警士,认识的字,加在一起,高不过小学二年级,"今捉到小吕一名",送到局子里,局子里问,怎么就把个姓吕的送进来了,他犯了哪条王法?深一追问,说是那个字不会写,是"小绺"(小偷)。还有一次往局子里送人,说这个青皮,在胡同里摸大姑娘的"哥哥"。局子里一看就笑,摸大姑娘的"哥哥"有什么不可以?立即就把这个人放了出去,那时候,95%的中国人还不知道女人奶孩了的那两个大肉馍馍叫乳房,放回胡同,那个人又摸人家大姑娘的"哥哥"了。这回所长说,别说摸"哥哥"了,说摸奶子吧。这样送到局子里,才把那个人臭挨了一顿,还关了半个月,才放出来,此后,他再不敢摸大姑娘的"哥哥"了。

如是,局子里特准,各派出所可以雇用录事一名,换用现代词汇,就是可以雇用文秘一名,只是现在的文秘多为女性,旧时代,女性不得在军警机关任职,于是就只能招些男性做雇员,于是这个姓田的小伙子才到派出所来,做了一员录事。

小棒槌,小田,小录事,只有十八岁,人老实,肯干,写得一手好蝇头小楷,就是家境不好,小小的年纪不得不出来做事。本来他父亲在西门里开了一家小布铺,生意还算可以,只是不幸,两年前他父亲得了一种绝症,把小布铺都典当出去,病没有治好,人也没有了,剩下孤儿寡母,孩子一跺脚,没有读书的造化,早早地就出来做事情了。

那年月,百业萧条,找事由不容易,八方碰壁,最后只得到派出所当小录事。田家本来是老实人家,但凡有一点儿办法,也不肯让孩子到这种地方来做事。中国人说"车船店脚衙(派出所算是'衙'),没罪也该杀",好孩子进了派出所,过不了三年两载,也就跟着学坏了。小田的老娘就嘱咐儿子,咱可不向他们学,小田对老娘说:"您就放心吧,我就是给他们写公文，绝对不做对不起祖宗的事。"这样，小棒槌就抱着拒腐蚀、永不沾的决心，到派出所来了。

小棒槌果然是老实孩子，在派出所写了一年公文，不该看的不看，不该打听的绝不打听，非礼勿视，非礼勿听，非礼勿言，所长、警长、警士们的事，他一概不知道，每天就是坐在他的小屋子里，写他的公文。自从小棒槌写公文以来，再没有闹过抓"小吕"、摸"哥哥"的笑话，局子里对此也深表满意。

而且小棒槌在派出所里特勤快，没有公文好写的时候，他就找活儿干。小棒槌不吸烟，不喝酒，别的警察没事干围在派出所后院里打麻将，小棒槌连看也不看，就一个人在前边把派出所打扫得干干净净。后院打麻将的警察们过够了牌瘾，出来一看，派出所里整整齐齐，就是连输了钱、见着亲娘都没有笑容的警察，也要夸赏几句小棒槌，这时小棒槌就对众人说："闲着也是闲着，我年纪小，出力气长力气的事，多让我干点儿，是爷们儿对我关照。"

如此勤快、老实、聪明的孩子，谁能不喜爱呢？一年过来，所长就总说找个机会给小棒槌转正，提升小棒槌当个警士。可别把警士看小了，穿上老虎皮，立马成色就不一样了。如今小棒槌每天到派出所来抄公文，要自己从家里带饭。有时候前一天晚上舅娘来了，没剩下饭菜，第二天中午，小棒

·119·

槌就得自己到外面去掏两角钱买套煎饼馃子。卖煎饼馃子的人明看着你是从派出所出来的，就因为你没穿老虎皮，他就一分钱也不少要，至于下班回家路过酱肉铺捎上一包猪头肉呀什么的，那就更没门儿了。当然，小棒槌这孩子根儿正，人家孩子想了，就是有朝一日真的披上了老虎皮，自己也是本本分分，绝不做那种让人点脊梁骨的事，图的只是有个准事由，按月领薪水。

而且，最最重要，所长欠着小棒槌的人情。堂堂派出所所长，现在说，也是处级干部了，那时候更不得了，有权力抓人，有权力罚人，有权力打人，还有权力"捏"人。反正这么说，在他管辖的地界里，除了不能杀人放火之外，他无论干什么事，都代表国民政府。连他老娘过生日，向每家商号要一百元钱的寿礼，也是顶着新生活运动的名义。新生活运动对于军警宪政，不说爱民如子，反正新生活运动要求老百姓和军警宪政亲如手足，所长的老娘过生日，手足们送份礼，符合不符合新生活运动的精神？

既然所长有这么大的权力，他怎么就欠着小棒槌的人情呢？他儿子落到井里，被小棒槌救上来了？小棒槌胆儿小，从来不上井边儿去，再说小棒槌也没劲儿，谁落到井里，小棒槌也救不上来。那么是所长的老婆跟人跑了，被小棒槌追回来了？别胡说八道，所长的老婆是从另一户人家跟着所长跑过来的,人家怎么还能再跟着别人跑掉呢?可是明明所长就是欠着小棒槌的人情,还不是一般的人情,是很重很重的人情。

派出所所长公务缠身,尤其是这处清和街派出所,更是使命重大。清和街地处南市三不管,上千家的商号,上百家的旅馆、饭店、戏园、茶舍、书馆、杂耍园子,还有数也数不清的摆地玩意儿、拉洋片的、变戏法的、说相声的、唱大鼓的、吞铁球的、卖大力丸的、算命相面的、专治脚气痔疮的,还有小绺、扒手、吃白钱黑钱的、碰瓷儿的,至于明娼暗娼,那就更数不胜数了,管辖着这么一处地界,你说说所长忙不忙?

所以,清和街派出所的所长,在外面的时间,比在派出所的时间长,每天至多到所里来点点卯,全体警士集合,听所长训话:"弟兄们,总理遗训,革命尚未成功,同志仍需努力,礼义廉耻,总裁教导。解散!"所长头一个跑了,警士们也上街了,还互相咬耳朵:"大舞台新来了一个妞儿,骚。"一挤眼儿,跑光了。

派出所里只剩下了一个值勤的警士,再有一个人就是小棒槌。

白天,值勤的警士不敢出去,到了夜里,值勤的警士在派出所里就坐不住了,倒不一定是想出去找骚妞儿们的便宜,是因为夜里财神爷下界,正是摇钱树往地上掉钱的时候,奵歹找个碴儿,多少也能捡点儿"洋捞儿"。夜半三更,看见一个人鬼鬼祟祟地走在路上，"站住！"立马，他就给你掏钱。你想呀，这时候还在大街上蹿的，能有好人吗？

所长往大地方跑，警士就往小地方跑，也不想寻花问柳，找点儿小钱花，好歹堵着件什么事，没个三元五元的，就休想打发，如此一个值夜，少说也能弄个十元八元的，薪水不是不够用吗？

夜里值勤的警士捡"洋捞儿"去了，派出所里不就空了吗？没错，一个月有半个月是空城计，好在每个派出所都有个看门的老头儿，来人就先在门房被挡住了；有什么人来报案，"所长正在里面审案子，留下个片子，回家等着去吧。"来人也就不敢再往里面闯了。

也有挡不住的时候，局长亲自下来查夜，看门的老头儿也傻了，小汽车开到派出所门外，车门打开，看着就下来一个气势不凡的人物，才要上前阻拦，一挥胳臂就把你推开了，迈着大步，就往派出所里面走，一看没人值班，二话不说，回头就走，第二天电话打到派出所："告诉你们所长，把公事交代交代，新所长一会儿就上任。"瞧，连所长都给下了。若不，怎么就说是新生活运动纪律严明呢？

清和街派出所所长不但没遭撤职查办，反而受到警察局局长的明令嘉奖，这不能不说是小棒槌的功劳。

那一天夜里，值勤的警士悄悄地溜了，已经是到了后半夜四点钟的时间了,这若是在夏天,天都快放亮了,再去查旅馆,谁也堵不着了;如今不正是寒冬吗?此时此际,正好是嫖客们离开旅馆的时候,不早不晚,这时候转一圈儿,少说也得堵上几个人。嫖客头也不敢抬,就把钱送上来了,高抬贵手,放一马;踩上雷子了,认倒霉,多花一份儿钱就是了。

派出所里,就剩下了一个看门的老头儿,哦,还有一个抄公文的小棒槌。这一阵公文特多,还都急着要,一份公文要抄十几份,那时候又没有复印机,也没有打字机、电脑,公文就得一份一份地抄。年底了,也是工作总结之类的公文,要抄送警察局、区公所、市党部、市政府、区政府、卫生局、稽查署……"本派出所全体警士,一年来尽职尽责,治理社会,维护治安,作出成绩,多次受到上司嘉奖,并深受民众爱戴。"云云。要抄写二十几份。从昨天早晨小棒槌坐在他的写字桌上,一天一夜没抬头,抄到夜里四点,还差三份,明天早晨所长说就要送上去,连打呵欠的工夫都没有,小棒槌只是一个人低着头抄他的公文。

也是天太冷,小棒槌又没带多少衣服,小屋里没有炉子,才磨出来的墨,没多少时间,上面就冻上了一层冰碴儿,手也冻僵了,连毛笔都握不牢;没有办法,小棒槌抱着笔墨纸砚到所长的办公室抄来了。所长的办公室有大洋炉子,还有开滦煤,果然手就暖过来了。只是坐久了也还是冷,抬头看看，墙上挂着所长的官服。这一连多少天，所长都没露面，天知道忙什么公事去了，临走的时候，是换上便服离开派出所的，想来一定是到那种不需要披老虎皮的地方去了。正好，夜里太冷，小棒槌便从墙上取下一件警长的官服，披在身上，还是低头抄他的公文。

这一天夜里，局长也是出来得太早了。从什么地方出来，诸位就不要深究了。回家吧，明明告诉家里是查夜去了，怎么才查了半夜就回来了呢？到局子里去吧，半夜三更地进办公室，有什么紧急的公事要办呢？索性，到各派出所去查访纪律，正好落个严督下属的美名。

就这样，想着想着，一抬头，正走到清和街派出所的门前，一侧身，就走到院里来了。看门的老头儿才要出来阻拦，一腆胸，正看见来人胸前佩着的警察局牌牌，糟糕了，今天被局长堵上了，空城计，里面一个人没有。去你娘的吧，狗食所长也该有今天的下场了，胆子也是太大了，一连多少天不露面儿，就任由警士们作妖，这清和街还成个世界吗？商号说了，生意都没法做了，谁来了都要孝敬，全打着派出所的旗号，从进了腊月，就没有一天平安的日子。一号，派出所所长老娘过生日。二号，常警士老爹去世。有人记得，去年常警士已经死过一个老爹了，今年怎么又死了一个？不敢问，随份子，也不多要，一家商号一元钱。三号，刘警长娶儿媳妇儿,知道底里的说,刘警长家里是五位千金小姐,人称刘半吨,膝下没有儿子,怎么忽然就娶儿媳妇儿了呢?也是不敢问,又是一家商号一元钱,一直收到如今快过年了,也就更加码了,平时一天一桩事,如今是上午一桩,下午一桩。上午于警士的儿子过百岁,下午赵警士的老爷续娶后老伴儿,你就把钱预备出来吧,事儿还多着哪。

整个一个派出所的人都刮地皮去了,派出所就空了,白天没人,夜里也没人,胆子是越来越大。大家也知道,此时此际,局子里也是忙着,谁也不会这时候下到派出所找碴儿,局长们过年,还靠这些所长们孝敬呢?和派出所找别扭,那不是断自己的财路吗?

偏偏今天局长出来得太早了,他也是想做点花活,半夜三更查访派出所,正看见警士在派出所里值勤,两下里,一个微服私访,一个忠于职守,第二天到局子里一说,就再没有人猜想局长夜里到什么地方去了。

偏偏,今天夜里清和街派出所没人,局长一挥手,吓得看门的老头儿再不敢询问,只得眼看着局长往后院里去,连个信儿都传不进去,心想,等着吧,一会儿局长就该暴跳如雷地出来了:"你们所长呢?把他找来,我要撤他的职!"立马,所长就滚蛋了。

也是这位局长今天想查看查看自己的下属到底是个什

么德行,他就一步一步悄悄地往后院走,连脚步声都没有,就像一只猫似的往后院"摸"。已经是走到后院来了,就看见所长的办公室里灯火通明,再趴着窗户往里一看,墙上"礼义廉耻"四个大字的匾额好不严肃,往匾额下面看去,年轻的所长正披着官服批阅公文,那种聚精会神的样子,真是到了忘我的地步了。唉,都说"中华民国"没有救了,你瞅瞅这些精忠报国的义士们,是何等的尽职尽责。局长拭了拭眼泪,一句话没说,就从派出所出来了。

第二天,看门的老头儿到派出所来,他还以为新所长到任了呢?没想到派出所里人人喜洋洋,警察局明令嘉奖清和街派出所,所长晋升一级,警士每人奖励大洋十元。

所长二话没说,把全体警士召集到办公室,劈头盖脸,一顿臭骂:"小王八蛋们,你们一个一个都活腻了,若不是人家小棒槌披着我的制服抄公文,今天你们都他妈的滚蛋去了,连我的饭碗儿也被你们砸了。局子里嘉奖的每人十元钱,谁也别想下腰包,全给人家小棒槌,念人家小棒槌的大恩大德吧。也是昨天,夜里太冷,他怎么就想起上我的办公室抄公文来了呢?也是你们几个平时的孝心,给我办公室弄来的煤好烧。这样吧,也别太难为你们了,你们每人留下五元钱,那五元钱,就算是咱们大伙儿对小棒槌的一点儿心意吧。"

下篇

　　小棒槌热泪盈眶，对于所长对他的嘉奖感激得不知道说什么才好，老实孩子，他也不会说漂亮话，什么这是领导对我教育的结果呀，这是群众对我的最大支持呀，等等等等，小棒槌连所长嘉奖他二十元钱的原因也不知道。所长是不会告诉小棒槌因为那天夜里他披着所长的官服坐在所长办公室里抄公文，被局长误认为是自己忠于职守，才奖励给每个警士十元钱，而所长又从每人的十元钱奖金里扣下五元，这样才嘉奖给了小棒槌二十元钱。账算错了，派出所十几名警士，每人扣下五元，应该是七八十元了，怎么才奖给小棒槌二十元钱呢？派出所所长不是也得拿份回扣吗？知道这十元钱是怎么奖下来的吗？因为所长坚守工作，半夜三更披着官服批阅公文，这样才得到局长的赏识，没有所长，能有你们的十元钱奖金吗？所长扣下五十元，有什么不应该的呢？

　　小棒槌可是受宠若惊了，他拿着这二十元奖金，连声地向所长说，所里能赏我一碗饭吃，让我在所里抄公文，我已经是感恩不尽了，今天所长还特意赏给我二十元钱，明年我一定更加努力，报答所长对我的恩情。

所长说，从你一来，我就看出你是一个好孩子，大家也都说小棒槌是个老实孩子。这派出所是个什么地方，你也不是没听外面说过，凡是派出所里边的人，拉你出去就枪毙，他绝对不喊冤，拉他跪在地上，把枪口对准他脑袋瓜子，他一准儿向你求情："下次我再也不敢了。"你问他下次嘛事再也不敢了？他还不敢明说，反正下次不敢就是了。你看看你这孩子，就这么老实，派出所里老虎皮满墙上挂着，随便你披上一件，到外面查一趟夜，怎么也比抄公文清爽。

小棒槌对所长说，我没有那样的能力，平日也看着警士们忙，心里也想帮助各位警士做点儿事情，查个夜呀什么的，可是我不敢冒充警察。再说，我只是一个小录事，出去查夜，被人认出来，也是给派出所惹祸，对不起所长对我的栽培。

所长说，小棒槌你好好干吧，得个机会，我给你办个正式编制，你就是警士了。小棒槌连声地对所长说，所长那可是救了我了，我父亲去世之后，养家的重担就落在了我的肩上，在派出所抄公文，每个月工资，刚够买棒子面的。我这还担心过了年所里没有公文好抄，就该把我辞掉了，到那时，我们母子二人可真就苦了。

所长说，小棒槌你就放心，从今之后，无论有没有公文好抄，你都到派出所来，没有公文好抄，弟兄们就带你出去见见世面，将来有了机会，把你转为正式警士，也好一个人出去执勤。小棒槌听所长说要把他转为正式警士，险些没给所长下跪，所长，我一辈子也要感激您对我的大恩大德，我一准儿好好干。前天夜里，我做了一件不应该做的事，还没有向您报告。那天夜里我在后边抄公文，天太冷，手都冻僵了，没有办法，我就偷偷地进到您的办公室来，生上洋炉子，暖暖和和地抄起了公文。后来还是冷，我还把您的官服披在身上了，也不知道你觉没觉出来。

所长说，没事没事，以后再在夜里抄公文，你就在我办公室里抄，墙上的官服，你随便穿，连帽子戴上都行，枪套也佩了，打扮得越和我一样才越好，有人推门进来，你就冲着他骂：滚蛋，半夜三更地到派出所来做什么？找死呀！越凶，才越像是真所长。

小棒槌说，所长，我可没有那么大胆子，冒充所长，那是要判罪的。

春节过后，派出所虽然没有公文好抄了，但是小棒槌还是到派出所来，给大家做些杂活儿。所长召集警士们训话的时候，对大家说过，小棒槌这孩子老实，所里已经向局里打了报告，说是过不了几天就可以批准下来转为正式警士了，这几天，也没有公文好抄，得空你们就带他出去走走，也好长长见识，一旦穿上警服，也不至于出去让人说是棒槌。

警士们自然都向小棒槌贺喜，大家都说，小棒槌你是前世里做下善事了，怎么所长就这么器重你呢？知道我们熬上警士这份差事，费了多大的心思吗？直到现在我已经当了三年警士了，三年前为买这份差事欠下的债，至今还没有还清呢？你怎么不花一分钱，所长就说给你办转正的手续呢？

一个姓常的警士说，小棒槌是个好孩子，这年头好人不多，好孩子就更少见了，早先都是老的比小的坏，现在是小的比老的坏，而且越往后越是这样，从娘胎里一生下来就坏，在他娘怀里吃着奶，心里就琢磨坏主意。小棒槌就没有一点儿坏心眼儿，在派出所这么长时间，人家孩子从来不多说少道。早先那个录事，看见警士上班值勤，就厚着脸皮跟着一起走，还披着老虎皮，遇见什么好处，多多少少也得分他一份，人家小棒槌无论看着谁出去值勤，也没说跟着走一趟的。好孩子，今天就带你出去长长见识，所长说了，过不了多少日子，批文就下来了，到那时小棒槌就是正式警士了，一个棒槌怎么可以当警士呢？先带着上路"熏熏"，说句行里话，先派出去见习见习。

正好，今天是常警士当班。派出所警察，每半个月排一次外勤,十几个人轮着出去值勤,小棒槌借了一套老虎皮,跟着常警士就上街了。路上,常警士对小棒槌说,你小子真有造化,好好干,这可是肥差,干几年,就能买间房,可别染上不良嗜好。常警士说的不良嗜好,指的不是吃吃喝喝、吸烟喝酒。常警士对小棒槌说,干了这许多年,为什么我还是一个穷光蛋?就是因为我有不良嗜好。我不抽大烟(鸦片),我癖好别的事儿,你少问,到了岁数,你就知道了,一天也离不开,瘾可大了。

走进清和街,马路两边一家商号连着一家商号,百业兴旺,卖什么的都有,小棒槌平时也在清和街上走过,只是从来没留心地看过这些商号的情形,如今经常警士一点化,看出门道来了。面为什么这样白?布为什么这样厚,鞋底为什么这样硬,敲一下哪哪响?买出来就知道了,进门你也别说话,瞪圆了一双眼睛你就东瞧西望,不一会儿,掌柜就往你腰包里塞红包了。"哟,那不是敲诈?"小棒槌吃惊地向常警士问道。"棒槌,要不怎么就说你是棒槌呢?"

快到中午,小棒槌对常警士说,该回家吃饭去了。常警士看了一眼小棒槌,脸上带着诡诈的微笑,向着小棒槌说道,"穿上这身老虎皮,还回家吃饭,你这不是存心寒碜人吗?走,想吃嘛,你常爷今天请客。"

"常爷,你日子也不宽裕,我怎么能让你请客呢?"小棒槌怪不好意思地说着。

"走吧,棒槌。"说着,常警士就把小棒槌拉到一家饭店里去了。

"二位副爷,二楼请。"迎面走过来一位堂倌儿,满脸赔笑地向着常警士和小棒槌施了一个大礼,随着就引常警士和小棒槌往楼上走,走到一个单间门外,堂倌儿抬手撩起布帘,又是一鞠躬,常警士带着小棒槌就走进单间来了。

"常副官今天闲在,昨天掌柜还说,常副官可是有日子没赏光了,还说让伙计们留心着点儿,看见常副官从路上过,好歹也要请副官进来喝杯茶。常副官,小的我一点儿孝心,我给副官留着一只鸭子,咱今天是红烧,还是清蒸?我看两吃吧,新从南边来了一位师傅,菠萝炖鸭,味足,怎么着,副官今天尝尝鲜?只是酒不行了,原瓶的没有了,昨天议长摆宴,我给副官留了半瓶真正的杏花村,若是我往酒里兑一滴水,我爸爸是臭豆腐。"

说着,一溜烟儿,堂倌儿跑走了。不多一会儿时间,鸭子也上来了,酒也上来了,一道一道的大菜都上来了,常警士和小棒槌足足地吃了一顿,吃不了兜着走,最后常警士还让堂倌儿打包,把剩下的饭菜收拾好,还嘱咐堂倌儿送到他家里去。

临出来的时候,走到饭店门口,常警士对小棒槌说:"你先到外面等我一会儿，我到柜台去结账。"小棒槌答应着，就先从饭店走出来了。

没等多久的时间，常警士也从饭店出来了。"走。"带着小棒槌往前走，眼睛四下里巡视着，一副重任在肩的神态。

"这顿饭多少钱？"小棒槌悄悄地向常警士问着。

"钱？咱爷们儿吃饭还要钱，真是没有天理了。"常警士大吃一惊地向小棒槌说着。

"你不是上柜台结账去了吗？"小棒槌不解地向常警士问着。

"你以为我付钱去了？我是要烟去了，拿他娘的别人吃剩下的鸭子打发我，还拿半瓶白水说是杏花村，不掏两包烟，能饶得了他吗？怎么？给大前门，没门，不拿出三炮台来，明儿就给你点儿颜色看。"说着，常警士得意地笑了。

"哦。"小棒槌听着，暗自打了一个冷战。

各家商号坐坐，喝杯茶，说点儿闲话，眼看着时间就过去了，到了天快黑下来的时候，小棒槌心想也该回家了，可是嘴里不敢说，如今维护社会治安，人家常警士不计较时间，自己一个见习，怎么总惦着回家呢？

"警醒着点儿，眼看着天就黑下来了，不能光在大街上遛。"常警士对小棒槌说着。

小棒槌以为，常警士说不能光在大街上遛，指的是还没有做点儿什么匡正时弊的正经事,就这样回去没法儿交差,总要捉上个小偷儿呀什么的,也算是一天值勤的成绩了。可是也不能每天都捉几个小偷儿呀,小偷儿也是鬼得很,你又披着老虎皮,他怎么会往雷子上蹚呢?没有小偷儿,说明社会治安良好,说明国家治理有方,说明新生活运动改善国民品性,路不拾遗了,小偷儿都在家里研究《左传》了,没有时间上路"做活"了。

"稀里哗啦,稀里哗啦。"走进一条僻静的胡同,隐隐地,就听见有打麻将牌的声音。常警士警觉高,立马就停住了脚步,用心地聆听,赌博,社会一大公害,新生活运动禁止赌博,绝对不能放任赌徒们聚赌。

小棒槌精明,一看,他就看出常警士听到了打麻将牌的声音,立即,小棒槌也停下脚步,细心地聆听。到底小棒槌的听觉好,没用多少时间,小棒槌就听出打牌的声音是从什么地方传出来的了。

一户平常人家,门窗关得很严实,看得出来,房里一定在干什么见不得人的事,吸毒,不可能,吸毒有味儿,一条胡同都能嗅得到,一抓一个准,保证跑不了。打牌、聚赌,把门窗关严,牌桌上再铺一层毛毯,有的人家还铺棉被,洗牌的声音一点儿也传不出来。只是常警士经验老到,莫说是打牌,就是你心里想打牌,他都能看出来,休想瞒过他。

看准了人家，小棒槌跃跃欲试，立即就想去砸门，常警士一挥手拦住了小棒槌，走到近处看了看，似是还想了想什么事情。小棒槌想长学问，就向常警士询问，怎么还不动手？常警士悄声地对小棒槌说："得想清楚这户是什么人家，闯进去，撞在雷子上了，才是自找麻烦，弄不好，连饭碗都丢了，抓赌，只能抓百姓，有权有势的人，人家是戏耍着好玩的。"

"可是，你怎么知道谁是真赌、谁又是戏赌呢？"小棒槌真心想精通业务，就向常警士请教。

"看牌桌上有多少钱。一把搂过来，问赌家，多少钱，十元八元的，戏赌，教育教育以后要有正当娱乐也就是了。一数，上百元，再说戏赌，不行了。带到所里，反省，罚钱。赌一罚十，国法无情。"

小棒槌点了点头，明白了，等到自己真的当上警士，遇有此类情况，就一律如此处理。

"当"的一下，常警士一脚踢开大门。迅雷不及掩耳，常警士带着小棒槌一步就闯到了屋里，四个赌客还没有来得及闹明白发生了什么事情，常警士一声："不许动！"四个赌客全都吓呆了，一动不动地就坐在牌桌的四周，活赛是看见猫的老鼠，傻了。

常警士是抓赌的老手，一步扑过去，伸开双臂，抓住牌桌上铺着的毛毯四角,往上一提,立马,把麻将牌带赌客们的钱,一起兜起来了,一反手,常警士把大兜子交到小棒槌手里,恶汹汹地就向四个赌客问道:"多少钱?

"我们戏赌,耍着玩的,总共也不过八元钱。"其中的一个赌客一定有过被抓的经验,便率先回答着说。

"细数数是多少钱,只要多出来一分钱,也是赌博,一定要带到所里去处罚。"常警士极是严肃地回头向小棒槌说道。

遵照常警士的嘱咐,小棒槌打开毛毯就要数钱。他低头一看,我的天呀,里面至少也有上百元钱,明明是大赌了,怎么还说是戏赌呢?

只是,还没容小棒槌数钱,也没等小棒槌回答,常警士向兜里一看,立即就向四个赌客说道:"七元六角,不够八元,以后要有正当娱乐,再不要戏赌了。"说罢,常警士从小棒槌手里接过来兜着麻将牌和钞票的毛毯,极是熟练地提着一个角儿,把麻将牌呼啦啦地倒了下来,再伸过手去,更是熟练地一把将钞票搂起来,"赌资充公。"随后,带着小棒槌就走出来了。

"啊!"小棒槌吓得两条腿都迈不开步了,怎么就说是七元六角呢?明明上百元的嘛;不过小棒槌也明白,赌客们自然只说是戏赌,实说是上百元,带到所里,又是审,又是罚,而且以一罚十，还不如就说是戏赌了，八元钱，多出来的，你带走吧，总比以一罚十强得多了。

"哈哈哈哈。"走出胡同，常警士开心地笑了，"穷腊月，富正月，才过了正月十五，好运气就来了，小棒槌，还是童子气盛，怎么今天你跟我上街，就让我撞上财神爷了呢？"说着，也是一时高兴，常警士从口袋里掏出两张票儿来，向着小棒槌就送了过来，"拿着，置套新衣服穿吧，'大正月的，连件像样的皮都没有。'"

"我？"小棒槌看着常警士送过来的钞票，不敢伸手去接，眨着一双眼睛向常警士问着。

"好好干，有前程，将来当上正式警士，自己出来值勤，碰上财神爷的日子多着呢。记住，别把钱看得太重了，应该孝敬的，回去一人一份，别以为我自己落下多少，贪心太重，就吃不成这碗饭了。"说着，常警士把钱塞到小棒槌的手里，再没有说什么话，一回身，就走得没有影儿了。

手里捏着二十元钱，小棒槌的心头活赛是压上了一块石头，用一句规范语言，小棒槌的心比铅还沉重。不义之财，小棒槌想起了总裁教导：礼义廉耻，君子爱财，取之有道，取之非道，非礼也，非礼则不义，不义则不知有廉耻。党国重托，国民厚望，全都毁在这二十元钱上面了。小棒槌打了一个冷战，他被这二十元钱吓瘫了。

莫怪常警士就是不肯回家,天都黑了下来,还在大街上遛,就像是一只乌鸦,天黑了还在天上转,巡警,就是一块肥肉,警士每半个月才排上一次值勤的班,值勤时捞不着油水,再想捡便宜,就要等半个月之后了,好不容易胳膊佩上了值勤巡警的大黄箍,怎么能白逛一天街呢?

　　哪块肉最肥?抓赌最肥,下馆子吃顿饭算什么便宜,吃完了,过一会儿就"屙"出来了,穿肠而过,造了一摊大粪。去商号敲诈,查个卫生呀什么的,屋里的苍蝇超过标准,顶多商号塞个红包,多不过几角钱,没意思。最肥的差事就是抓赌,先把牌和钱一起提起来,再问赌客里面有多少钱?说的钱数越多,罚的钱越多,赌客只说是戏赌,每人两元钱。如此下不为例,拉倒了,麻将牌留下,一呼啦,把钱搂走了。走出门来一数,天知道是多少钱,反正看着常警士得意的神态,少不了,明明看见的,常警士只从大沓的钱里抽出来二张,塞到小棒槌手里,说了声:"带上零花吧。"然后常警士就走得没有影儿了。

　　小棒槌如果不是棒槌,他接到这二十元钱之后,立马回家,孝顺孩子,给老娘捎回家一包石头门坎儿的大素包。天津老太太没有不爱吃石头门坎儿大素包的,喷香,自己再买一包酱驴肉。就着这身老虎皮,再佩上巡警的黄箍,说不定不要钱,就能美滋滋地过上半个月的好日子。

最可爱的是,小棒槌地地道道是一根实心儿棒槌,也不是他不想回家,也不是他忘了回家的道,他也是朝着回家的路走的,就是走着走着,他又拐回来了。也不知道心里是怎么想的,反正他觉得口袋里揣着这二十元钱,就应该先到所里去看看,至少他还得把警服交回去,还有那个巡警的大黄箍,明天一早还有人等着戴呢。

哟,今天真是太阳从西边出来了,怎么所长到所里来了?小棒槌心里一沉,庆幸自己没有回家,一准是所长知道今天自己头一遭值勤,所以特意到所里来关照关照自己,怕遇见点儿什么棘手的事,自己不知道应该如何处置,譬如抓着个小偷儿呀什么的,自己不会打大耳光子。所长常对警士们说,大家"熏"着点儿小棒槌,等正式任命下来,再别是棒槌了。到那时派出所里再出个棒槌,就惹人耻笑了。

"上路了?"黑话。小偷儿出来"做活",就是偷钱包,彼此之间说是"上路",警察值勤巡警,也说是上路。虽然用着一个词儿,本质不一样,小偷儿上路,是危害民众,警士上路是效忠党国,乱臣贼子"上路",是杀头。中国语言丰富多彩,一个词儿,可以有几十种解释。

"嗯。"小棒槌点了点头,避开了所长的视线。

"下货了?"所长诡诈地眨了眨眼,向小棒槌问着。

小棒槌心里一沉。黑话。小偷儿上路掏钱包,叫"下货",

怎么警察上街值勤,治理社会,服务国民,也说是"下货"呢? 但心里一想,可不就是"下货"了吗?此时此际,口袋里正揣着二十元钱呢。所长真是料事如神,他对下属的品德最是了解。"没有一个好东西。"所长私下里对小棒槌骂过他的下属。

"我我我……"立时,小棒槌涨红着脸,支支吾吾地不知道应该如何回答所长的提问,如实向所长说常警士抓赌的事吧,又怕给常警士"打棒槌",告密。常警士一片好心带自己出去长长见识,搂草打兔子,捎带脚儿抓了一窝赌,目的也是为了维持治安,还塞给自己二十元钱。自己回到派出所把常警士的所作所为向所长报告,也太对不起常警士了。再说,所长铁面无私,真"下"了常警士的差事,砸了常警士的饭碗,自己就更在常警士一家人的身上做下缺德事了。

"瞧你,汗珠儿都下来了。"所长不但没有逼问小棒槌,反而对小棒槌的窘迫十分喜爱,没等小棒槌回答,所长反向小棒槌说道,"头遭生,二遭熟,家常事。犯不着心惊肉跳,就像是偷了皇帝老子玉玺似的。反正你是好孩子,别人得了便宜,蔫溜儿地回家了,你还往所里来点个卯,到底念过几天书,和那些王八蛋就是不一样。回家去吧,给老娘买点儿吃的,尽点儿孝心,老娘把你拉扯这么大,不容易,别跟老娘说在外面'下货'的事……"

所长尽力地想提高小棒槌的觉悟，只是小棒槌还是心眼儿太死，他一面听着所长的训导，一面还对所长嘟嘟囔囔地说着："这这这，这不能留……"

"行了行了，你也别太拿这当回事了，没有给你多少，一个零头，下次再这样，你就和他们争，心明眼亮，当时就数清楚，大份小份，别含糊，那帮家伙黑着呢。专门欺侮你这样的小棒槌。回家吧，只要记住，小事，就拉倒了，大事，可不能含糊，凡是关乎社会秩序，关乎治安风化的大事，一定要秉公办理，马虎不得。要知道，派出所上面有分局，分局上面还有市局，万一在大事上出了差错，那可就要吃不了兜着走了，记住了吗？"所长还向小棒槌问了一句。

"记住了。"小棒槌点点头回答着说。

"所长，所长，你瞧，看门的老头儿不放我进来，我说了，今天见不着所长，我就在你派出所门外的大树上吊死……"

小棒槌听完所长的训导，才要转身回家，就听见一串银铃似的声音，娇滴滴地从外面传了进来；还没有看见人影儿，从院里就飘进来一股香味，呛得小棒槌突然打了一个喷嚏；噔噔噔，一阵高跟鞋走路的声音，立即，就觉得一股香味裹着一个花大姐闯进了所长办公室。待小棒槌抬起头来的时候，姐儿早倚着所长的大椅子背，全身八道弯儿地站在所长的面前了。

"干什么的？"所长一本正经地向姐儿问着。

"哟，大所长，连我都不认得了。"姐儿一双水汪汪的大眼睛向所长瞟着，嗲声嗲气地向所长说着。

"我怎么认识你？"所长还是板着面孔对姐儿说着。

"哟，所长真是贵人多忘事，所长不是让人带过话来，说我若是明天晚上不滚蛋，就拿铐子把我铐到分局去吗？"姐儿点着了一支香烟，吸了一口，又向着所长喷出了个烟圈儿，提醒着所长说。

"哦，你就是住在北方饭店里的那个单身女子？"明明是想了好半天，所长才想起了这个姐儿。

"哟，说什么我一个单身女子住在饭店里有伤风化，新生活运动，男女平等，怎么单身老爷们儿住饭店允许，单身女子住饭店就有伤风化呢？今天我就是要找所长说说，我不走，今天不走，明天不走，后天我还不走。"姐儿越说越撒娇，她一步一步地向所长靠过来，就像是要倒在所长怀里似的。

"严肃！"所长恶汹汹地向姐儿说着。

"哟，这地方还严肃，吓着姐们儿了，这么说吧，后天晚上我就在饭店等所长，我倒要看看所长把我怎么着。"说罢，姐儿一转身就往门口走，这时，所长冲着姐儿的背影就大声地喝道：

"用不着等到后天晚上,明天我就派人把你撵走。"

"我不信,所长疼我。嘻嘻。"说着,姐儿还转过身来向着所长媚态地笑了笑。

"你看我撵你不撵你?"所长冲着姐儿也似是玩笑地说着,最后,所长一挥手,似是下命令一般地向着姐儿还说了一句,"咱们后天晚上见!嘻嘻。"所长说着,也笑了一声。

"后天晚上见,就后天晚上见,我倒要看看所长有多大的能耐,嘻嘻……"一串笑声,姐儿走得没有影儿了。

"所长,没有什么事情,那我就回家了。"小棒槌在一旁向所长问着。

"哟,我倒把你给忘了,回家吧,回家吧,录用你的通知已经下到分局了,估摸着再有个三天两日的就可以下到派出所了,到那时,你就是正式警士了,好好干吧,前程无限呀。"

"谢谢所长栽培,我一定尽心尽力。"说着,小棒槌告辞出来,回家了。

尾声

本来呢，好运气已经在敲小棒槌的门了，再待几天，局里的正式任命下来，小棒槌转为正式警士，到那时每半个月一次值勤，用不了多少时间，小棒槌连媳妇也能娶上了。

只是呢，小棒槌到底是一个棒槌，眼看着吃到嘴的肥鸭子，又眼看着从眼皮下边飞跑了。

第二天，第三天，没有人带小棒槌上街，小棒槌就一个人在派出所里抄他的公文，抄着抄着公文，他忽然想起三天前所长警告那个姐儿滚蛋的事情来了。他想，眼看着就到了最后限定的时间，那个姐儿说了，她就是不走，今天不走，明天不走，后天还是不走，而且所长还说："咱们后天晚上见！"何必让所长费精神呢？自己出去把那个姐儿撵走，不也是报答了所长栽培自己的一片苦心了吗？

就这样，小棒槌披上一件老虎皮，就到饭店来了，一查登记簿，还真有这么一个姐儿。小棒槌二话没说，找到姐儿的房间，一推门，就闯进房里来了。

"哟，还没到日子就来了。"姐儿大吃一惊地问着，但一回头，看是小棒槌，姐儿又笑了，"猴小子，抢鲜儿来了，告诉你说，所长没'办'之前，你休想沾边儿。"

"少说废话，滚蛋！"小棒槌铁面无情地向姐儿喊着。

"哎哟，铁脸儿了。"姐儿还是玩笑地说着，"所长不是定下日子了吗？今天晚上我哪儿也不去。"

"今天我们所长有公事，你先给我滚蛋！一个人住在饭店里，上司若是查出来怎么办？快走！"小棒槌认真地向姐儿说着。

"哟，小兄弟，姐姐错待不了你，咱先让所长尝个鲜儿，过两天，你再来，别看人小，惦着的事儿可不小，姐姐从东北下天津混事由，人生地不熟，副爷们多关照着点儿，过不了三月两月的，姐儿准能混出人缘儿来，到那时说不定副爷还得求着姐儿的关照呢？得成全时就成全，得饶人时且饶人，来日方长，谁用不着谁呀，你说说，是不是这么个理儿？"姐儿说着，身子就往小棒槌靠了过来。这一靠，倒把小棒槌靠火了，一回身，小棒槌把姐儿狠狠地推开，再往房里走一步，抢起胳膊，把姐儿的东西全都扔出去了。

"哟，你真往外撵我呀？"姐儿吃惊地向小棒槌问着，"这可是你们所长的命令？"姐儿一面收拾东西，一面还向小棒槌问着。

"所长早就对你说过了,后天晚上见!"小棒槌恶汹汹地对姐儿说着。

"哟,小棒槌,你怎么连这句话都听不明白呢?怎么着叫后天晚上见?所长说后天晚上见,就是他要我滚蛋吗?说不定到最后谁让谁滚蛋呢?嘻嘻,小棒槌你真是小棒槌了。"

"啊!"小棒槌大吃一惊,一下子,小棒槌呆了,所长和姐儿说定的后天晚上见,你知道人家是怎样的一个"见"法呢?

不对,小棒槌灵窍突开,他一下子似是明白了许多道理,从常警士值勤抓赌,到所长对姐儿说"后天晚上见",这里面全有大学问的呀,怎么自己就不开天眼呢?棒槌,实心儿的一根棒槌。

再没有说一句话,小棒槌回头就跑,抱头鼠窜,一面跑着,小棒槌还一面用拳头砸自己的脑袋瓜子:"棒槌,棒槌,我真是一个棒槌!"

第四天早晨,小棒槌到所里来,没敢去见所长,他倒是看见所长比平日高兴,有说有笑地和大家打招呼,明明是遇见了开心的事。

到了下午,所长来到小棒槌抄公文的小房里,看了看小棒槌,摇了摇头,这才无限惋惜地对小棒槌说:"多好的孩子呀,可惜是个棒槌,我到分局去为你说了一大车的好话,分局回答说现在没有名额,申请批你正式警士的公文驳回来了;你若是没有别的事由好做,看你是个老实孩子,你就还抄公文吧,只是以后再不许出去乱管事了,若不看在你是个老实孩子的份上,我早大耳光子抽你了。棒槌,棒槌,真是一个实心儿的小棒槌。"

　　骂了一声,所长气汹汹地从小房走出去了。

车夫贾二

1

车夫贾二和侯家大院南院里的侯宝成有着非同一般的关系。

这里，就有必要把事情的来龙去脉说清楚了。贾二是一个车夫，也就是拉洋车的。那时候小汽车刚传到中国来，我爷爷立下的规矩，侯姓人家的后辈，无论多有钱，也不许买小汽车，最高待遇，就是有一辆自己专用的洋车，俗称包月车。车子停在院门外，贾二坐在车帮上，等着侯宝成的招呼。侯宝成一出来，贾二立即抄起车把迎过去。侯宝成坐上洋车，说是去什么地方。贾二拉起车来一路小跑，拉到地方。侯宝成进去吃喝嫖赌，贾二坐在外面等候，等侯宝成出来，再把他拉回家来。这就是他们两个人的关系，有什么非同一般的地方呢？

当然非同一般了，若是相同一般的关系，我不就不写这篇小说了吗？！

车大，相当于后来的司机，有小汽车的爷们儿，坐在小汽车里,司机开着小汽车,去什么地方,得听坐小汽车的人吩咐。说是今天上午政协有会，他就得把咱爷们儿送到政协,他想把车子开到文化局,不行,文化局没有我的事,你把我送到这里来做什么？我又不主管文化。

当然,也有的时候顺路要去接一个人,也可能到文化局停一下,他女人在文化局工作,就住文化局大楼,停一下,把那位同志接上来,我们还是要一起去政协,那里有会呀。坐在车里,老朋友就要说说话。说什么？想到什么说什么。谁谁谁要调走了,上边可能另有安排,求老李办的那件事,他就是不管,太不够意思了。说着话,车子就开到地方了。下车进政协开会,开会出来,再把老朋友送回家,二话不说,司机就把咱送回家来了。

回到家来一想,刚才在车上和老朋友说的话,司机全听见了。放心,他嘴严,车里说的话,他不会往外传。有一次开会,遇见了老李,就是那个办事不够意思的老李,正好老李没有车子,眼看着他向自己的车子走过来了,明明是想蹭车坐,司机二话没说,开起车来就走,车子开得好快,爆起一股尘烟,把老李呛得直捂嘴巴。自己都吓一跳,怎么这样不给老李留面子？想起来了,自己在车上说过老李的坏话,司机知道老李得罪了自己,正好替自己报了那一箭之仇,让他吃一通汽车屁,自己看着也开心。

如今说的是车夫贾二。

未说贾二之前,先要说说什么是包月车?包月车,就是专门侍候一位爷的洋车,这辆洋车和拉这辆车的车夫,天一亮就得拉到主家门外等候,一直到主家发下话来让你回家了,你才能收车。而且除了主家之外,这辆车不拉任何人,而且按月结账,类似如今的包车。

车夫贾二被选拔来给侯宝成拉车,那也是有一定条件的:第一,他身体健壮,一口气跑十几里地不呼哧不喘,就是在夏天也不至于大汗淋漓,顶多也就是鼻子尖儿上有几颗细汗珠儿,稍歇一会儿脚,抄起车把,又是十里路,到了地方喝上一瓢生水,再看,还是那副好汉神态。第二,贾二老实,被选到侯家大院给侯宝成拉车以来,每天就是坐在大门外等着侯宝成出来,一天也不和人说一句话。侯家大院人出人进,贾二连头也不抬,看也不看一眼,就是傻呆呆地在车把上坐着,有那等往侯家大院里送东西的不怀好意的婆子们就和贾二搭话:"多大啦?""娶媳妇儿了吗?"贾二也不搭理她们,活活把她们"木"走。

凭着这两个条件,贾二在侯家大院有了好名声,就连最挑剔的我爷爷也说:"像贾二这样的人,使唤着就放心。"可见贾二的可靠不是装出来的,是他本质上就是一个好人。

可是,不是有人说过吗,无论多好的人,只要一进了侯家大院,过不了两年,就一定会变坏;当然变坏的程度不一样,有的就是学坏了,沾染了一些坏习气,还有的变成了一个大坏蛋,比主子还坏。那么贾二呢?咱们慢慢说。

贾二在侯家大院拉了两年洋车,没进过侯家大院的二道院。侯家大院的格局,进了大门,有一个长长的门洞,门洞里对面放着两张大条凳。有客人来,那些拉车的、抬轿的就在门洞里休息等候。贾二给侯宝成拉车,赶上夏天,外面太阳太晒,贾二就在大门洞里的长板凳上坐着,老管家吴三代还给他泡上一壶老茶叶梗子。他有一只大海碗,就一碗一碗地喝着。不像后来的司机,车里有保温杯,全都是跟着主子开会时得的"纪念品"。贾二拉车那阵,无论跟主子去什么地方,也没有人想到给车夫什么"纪念品",车夫有什么好"纪念"的呢?主子没事,他再"纪念",也不会自己拉着车子到这里"纪念"来的。

所以,贾二和侯家大院的关系,就是门洞里的长板凳,和吴三代给他泡的那一壶老茶。侯家大院里面的情形,他是一概不知道。拉着侯宝成四处游逛,车子停在外面,拉车的免不了就说些闲话,于是当有人问起贾二侯家大院里的事情的时候,贾二一句话也答不上来,这倒不是他的嘴严,是他真不知道。

有一天下午,贾二正坐在门洞里的长板凳上喝茶,这时就只见侯宝成气冲冲地从院里走了出来。贾二一看见侯宝成,立即就回到车旁,侯宝成一步登上车子,贾二抄起车把就要走。这时,贾二就听见侯宝成坐在车上气汹汹地说了一句:"我老爹留下的钱,我爱怎么'造'就怎么'造',你管得着吗?"

侯宝成在侯家大院里住着不痛快。贾二常常听见侯宝成坐在车上骂闲街,也不指名道姓,反正就是骂侯家大院里的人呗。骂谁呢?就是骂我爷爷。

我爷爷是侯家大院里的老祖宗,他虽然排行第三,可是前边的两个哥哥都没有立住,所以,在侯家大院里,我爷爷说的话就是法律。侯宝成的父亲排行第七,侯家大院里称他们那一支是南院里的七爷;只是侯宝成的老爹也早下世了,这样,侯宝成就要听我爷爷的训导,凡事都必须和我爷爷保持高度一致。只是,侯宝成不是老实孩子,常常有各种各样他的不良行为的小报告打到我爷爷的耳朵里。我爷爷对侯宝成睁一只眼,闭一只眼,能装糊涂的时候就尽量装糊涂,除非是他实在"造"得不像话了。我爷爷轻易不会教训他,我爷爷也知道,教训他,他也是不听。

只是这个侯宝成也太不成器了。前天晚上,贾二把他从洋车上搀下来,好不容易把他送进了二道门。贾二是不能再往里面走的,你猜怎么着?人家侯宝成竟然躺在二道门里睡着了。一直到第二天早晨我爷爷起床之后，到院里来散步，他还躺在地上人事不省呢。我爷爷伏身推了他一下，他一翻身就对我爷爷说："我没醉，哥们儿，再给我上一瓶。"你说说，我爷爷再不说他两句，行吗？

"我在外边喝酒，我三伯父是怎么知道的？"侯宝成是一个小浑球，他自己喝醉酒，躺在院里睡着了，被我爷爷看见，推了好半天，也没把他推醒。他不说自己行为不检点，反而认为是有人打了他的小报告。这天底下的事都是这样，一个人做了什么见不得人的事，一旦败露出来，他总是说有人和他过不去。他说，他关上门做的事，别人怎么会知道呢？

"七爷，您今天去哪儿？"

今天，侯宝成坐上车子之后，贾二回过头来向侯宝成问着。

侯宝成在他们那一辈上排行第七，因为他不成器，侯家大院上上下下全叫他侯七，连我们这些晚他一辈的人也叫他侯七，不叫他七叔叔。昨天下午侯七从外面回来，直接就到爷爷房里去请安，爷爷一口就把他啐出来了，你猜为什么？原来他腮帮上有一个红嘴唇印。

不成器的侯宝成，能让晚辈敬重他吗？

今天，侯宝成又挨了我爷爷一顿臭骂，憋着一肚子气，跑出侯家大院，一步就登上了洋车。贾二问他去哪儿，他没听见,还坐在车上发呆。坐了好一会儿,他发觉车子还没有跑起来,就发怒了,冲着贾二喊:"你是死人呀?"

贾二不敢争辩,操着车把,还是回头向侯宝成问道:"七爷,奴才问您老今天去哪儿?"

"哪儿好,就去哪儿。"侯宝成恶汹汹地回答着。

这一下,贾二傻了,主子哪里有问奴才哪儿好的?立即,贾二放下车把就对侯宝成说:"若依着奴才说,这侯家大院就是天下最好的地方。"

"放屁!"侯宝成不敢骂别人,只能拿贾二出气,他恶狠狠地骂了贾二一句,又似是自言自语地说道:"我就是看着侯家大院有气,除了侯家大院,去哪儿都可以。"

看得出来,今天侯宝成是在侯家大院受了窝囊气,想找个地方去散散心,好,拉着走吧。贾二拉起车来,就往热闹的地方跑去了。

在贾二看来,世上最好的事情,莫过于吃肉。不敢再问侯宝成去什么地方,贾二一口气就把侯宝成拉到了登瀛楼饭庄。

登瀛楼饭庄是天津卫最大的饭店,也是侯宝成隔三岔五必到的地方,更是一次一次贾二把一个烂醉如泥的侯宝成拉回侯家大院的地方。今天,贾二把侯宝成又拉到了登瀛楼饭庄,自然也就算是把他送到了一个好地方,他自己也就能够心安理得地坐在车把上休息一会儿了。

来登瀛楼饭庄吃饭的，自然不止是侯宝成一个人，登瀛楼饭庄门外停着的洋车也不止一辆，就在贾二停车的旁边，还停着一辆洋车，老熟人，是杨家老六的车子。杨六爷，也是天津卫有名的花花公子，他自称他老爹是前北洋政府的总理大臣，成天地泡在登瀛楼饭庄里。中午饭吃到下午3点，人还没走，又有人摆下宴席，才过5点，又吃上了。那才真是两顿饭连在一起吃呢，吃得杨六爷脑满肠肥，连汗珠儿里都有烤鸭子的味道。

给杨六拉车的车夫叫许四。侯七、杨六在里面吃饭，贾二、许四在外边也要吃饭，他们的饭由登瀛楼饭庄免费供应。登瀛楼饭庄的规矩，凡是拉客人来登瀛楼饭庄吃饭的车夫，每人一大碗合菜，外加两个大馒头。侯七和杨六是登瀛楼饭庄的老主顾，对他们的车夫也有特殊待遇，每人外加一大碗鸭油包子，吃不了带回家去，足够一家人开一次荤。

今天和平时一样，贾二坐在登瀛楼饭庄门外等着他那一碗鸭油包子，眼看着天已经黑了下来，不多时，就有一个伙计从饭店里走了出来。这个伙计和平时一样，还是端着两大碗鸭油包子，一碗放在了许四的面前，一碗放在了贾二的面前。

许四见过大世面，不拿这一碗包子放在眼里，贾二就有点儿担待不起,想说一声"谢谢",可是还没容他说出那个"谢"字,这时,就只见登瀛楼饭庄的伙计从胳肢窝里取出了两块布,然后这个伙计就对许四和贾二说道:"我们掌柜说了,两位爷每天拉着主子来登瀛楼饭庄吃饭,不容易,这里有两块布,每人一块,我们掌柜说让二位爷带回家去做件褂子穿吧。"说完,没等贾二和许四说话,伙计把布放下,回头就走回饭庄去了。

咦,这倒是真没想到,把主子拉到登瀛楼饭庄来吃饭,登瀛楼饭庄把从主子身上赚下的钱里抽出一个零头来,赏给拉车的奴才一块粗布,真是会做生意了。好,以后,我每天拉主子到你家饭店来吃饭,我还缺双鞋穿呢。

得了这意外的赏赐,贾二高兴得不得了。到底是拉包月比拉散座强多了,拉包月是侍候富人,侯姓人家的七先生侯宝成,就是天津卫有名的纨绔子弟,把他拉到什么地方去,就是把财神爷拉到了什么地方,无论是饭店、舞厅,谁能不欢迎?可是饭店、舞厅的老板也知道,若是不把拉车的车夫打点痛快了,他半路上一拐弯儿,就把这位爷拉到别处去了,所以,每到一定时间,饭店、舞厅老板就要给车夫一点儿好处,好把他们勾住,把财神爷往这里拉。

所以,在拉洋车的车夫当中,拉包月的车夫,就比拉散座的车夫高一等,而此中给大户人家拉包月的车夫,就是车夫中的人上人了。走在路上，人们指着车夫一说"这是给杨六先生拉包月车的"，或者说是给"侯家大院拉包月车的"，就和如今指着一位什么爷说他是什么协会的会员，或是哪个协会的理事一样，就是体面。

车夫贾二当然很珍惜自己的这份差事，所以把侯宝成侍候得格外舒服，不光是车子随时听候使唤，而且跑起来稳当，就和坐轿子一样，晕晕乎乎地就把你拉到地方了。为此，侯宝成也没少给贾二赏赐，有时候侯宝成回家的时候太晚了，到了家门，只要是侯宝成还明白，便必要给贾二一点儿零钱。贾二不接，说是车钱按月结算了，可是侯宝成说这是额外的一点儿"意思"，贾二也知道，凭自己的辛苦，他当之无愧，于是推让了几下，也就收下了。

每个月从侯家大院大账房支取出来的月钱，就算是把其中的一大半作为"份儿钱"交到车厂，贾二自己剩下的钱，也足够他和他老娘过日子的了。再加上平时侯宝成给的零钱，还有从舞厅、饭店得的好处，贾二的日子过得很不错。所以坐在饭店、舞厅门外，贾二和许四一说起他们的差事来，就总有一种心满意足的感觉。贾二说，只求能保住这份差事，他也就别无所求了。

2

登瀛楼饭庄的伙计一阵风跑出来，站到门外大声地一喊："侯七先生、杨六先生包月车！"贾二和许四就知道他们的二位主子已经是酒足饭饱，就要出来了。

果然，未过片刻时间，侯宝成就和杨六先生你搀着我、我扶着你从登瀛楼饭庄里摇摇晃晃地走出来了，伙计将他二人送到门口，还鞠了一个大躬："两位爷走好。"然后看着他两个人坐上了洋车，便走回饭店去了。

只是，此时此刻你把他们二位拉到什么地方去呢？送他们回家吧？时间尚早，再说他们此时此刻的这副德行，一个在前边的车上赌誓说油灯就是不如电灯亮，另一个坐在后边的车上喊秦琼不如关公的武艺强，你说说把他们送回家去那不明明是让他们挨训去吗？可是你此时问他们二位爷想去什么地方？他们说了，要去总统府。你找得着大门吗？这时，前边的许四说了，送他们去玉清池吧。这样，也没问他二位是不是想洗澡，许四在前，贾二在后，就把这两个孽障拉到玉清池来了。好在他二位还明白,知道玉清池是洗澡的地方,上了楼就解衣服扣,人还没有走进澡堂,衣服已经脱得差不多了。玉清池的伙计才喊了一声"里请",扑通、扑通,他两个人已经跳到浴池里去了。

侯七和杨六在玉清池里泡了两个小时,贾二和许四就坐在玉清池外面等了两个小时,这当中,玉清池的伙计给他们两个人每人送来了一个小红包,伙计对贾二和许四说:"两位爷带上买包茶叶吧。"一个小纸包里是一角钱,买包茶叶富余,再说贾二不喝茶,白赚了。

"两位狗少最早也得十一点出来。"坐在车帮上,许四对贾二说着。莫看人面前许四对杨六"爷"呀"爷"地称呼着,暗地里,许四管他的主子叫"狗少"。贾二没有那么大的胆子,他最多也就是叫他的主子侯七罢了。

"把他们送回家之后,也得十二点了。"贾二回答着说。

"这就回家?不再去个地方了?"许四向贾二问着。

"大半夜了,还有什么地方好去呢?"贾二向许四反问着说。

"哎哟,大半夜才有好地方去了呢?"许四眨了眨眼睛对贾二说着。

许四举目向四周看了看,不见有人影儿,这才又对贾二说道:"谢家胡同,拉去一个客,有五角钱的好处。"

一听许四说谢家胡同，贾二打了一个冷战，他想也没想，就回答许四说："你们少爷要去，你拉他去吧，我可没有那份胆量。侯家大院老祖宗规矩严，他若是知道我把他的侄子往谢家胡同拉，他还不打断我的腿呀。"

这谢家胡同是个什么地方？不必我说，诸位读者也就能想象出来了。贾二当然知道天津卫有这么个地方，好几次侯宝成也暗示要去那地方开开眼，可是贾二就是不往那地方拉。贾二对侯宝成说："想去那地方，您老另外雇辆洋车自己去，老祖宗问下来，我就说不知道，反正我是不拉你去那地方的。

如今许四提出要把二位狗少拉到谢家胡同去，贾二当然不敢答应。能给侯家大院拉包月车，不容易，千万别丢了这个饭碗儿。再说，把人家一个好好的孩子拉到那地方去，也是做缺德事。贾二是个本分人，他不会做那等事。

许四见贾二不答应，便也就不再撺掇了，两个人就那样呆呆地坐着，只等两位爷出来。一直等到十一点半，杨六和侯七从玉清池出来了，看着酒劲儿也醒过来了，二人坐上车子，侯宝成向杨六问了问："去哪儿？"杨六向许四问了声："去哪儿？"许四向贾二问了句："去哪儿？"贾二回答说："回家。"

"放屁！"侯宝成坐在车上向贾二骂了一句，贾二没有吱声，还是操着车把站在马路当中，这时杨六说了一句话，才算想出了一个好去处。

"维格多利舞厅。"

拉起车子，许四和贾二把杨六和侯七拉到了维格多利舞厅。

维格多利舞厅虽然也是个花花世界，可是到底也是正当娱乐，来日侯家大院老祖宗问起来："贾二，你拉着侯七都到什么地方去了？""维格多利舞厅。"贾二可以说出口。倘若你把侯宝成拉到谢家胡同去了，就算是他自己要去的，可是侯家老祖宗不讲理，他会向着你吼叫："他让你往那地方拉，你就把他往那地方拉？他若是说想跳河，你也把他拉到大河里去吗？"一下子，滚蛋，饭碗砸了，倒霉去吧，贾二。

维格多利舞厅的老板会做生意，他不似登瀛楼饭庄和玉清池澡堂老板那样，拉来一个客人，给一碗包子，给一壶茶钱；维格多利舞厅的老板，对于车夫，每拉来一个客人给一个小牌牌。这个小牌牌有文章，这个小牌牌上有维格多利舞厅的标志，每凑够了一百个小牌牌，到他指定的米面庄，也就是后来所说的粮店，交够了一百个小牌牌，你就扛走一袋白面。了不得，那年月拉车的全吃棒子面，谁见过拉车的车夫吃馒头的？有大馒头吃，还出来拉车干吗？在家里享福就是了么。可是话又要说回来，往维格多利舞厅拉一百个客人，也不是一件容易的事，就算是大阔佬，他也不能每天都来泡维格多利舞厅，在维格多利舞厅泡一天，少说也要几十元，再一高兴叫个姑娘来"坐台"，一百元花出去了。北洋政府临时大总统的少爷，家里有的是钱，可是才在维格多利舞厅泡了半年，他老爹的钱就被他泡光了。你说，侯宝成只是侯家大院里的一个小孽障，每天都来泡维格多利舞厅，他来得起吗？

所以，能够凑足一百个小牌牌，到米面庄来扛走一袋面来的人，也不多。可是中国人不是团结吗？一个人凑不足一百个小牌牌，那就大家一起凑，到了过年的时候，你十个，我八个，一凑，就凑够一百个小牌牌了。这样换出白面来，大家再按照各人交出来的牌牌数把白面分开，公平合理，每家都能分到一份白面，回家包饺子吃。

当贾二把几十斤白面带回家来，和他老娘包饺子吃的时候，他老娘就问他："你这白面是怎么挣来的？！"

"汗珠子落地上摔八瓣儿，挣来的。"贾二回答着说。

他老娘说不对，"这年月肯出力气的人多了，怎么别人家吃不上白面饺子？"

这时候，贾二就对他老娘说："这白面不光是卖力气挣来的，我还搭上了一点儿良心。"

他老娘还是不相信，他老娘说，"人家拿良心能换来金银财宝,你的良心才换来几斤白面,可见你的良心也是太不值钱了。"

贾二说:"能换来金银财宝的良心得是黑的,我的良心还没黑,所以只能换这么点儿白面包饺子吃。"

他老娘听后教训贾二说:"咱可是靠卖力气吃饭,就算良心能换金山银山,咱也是不拿良心去换,良心比嘛都值钱。"

贾二听后,连连点头,他对老娘说,他也就是换几斤白面罢了,再有换别的东西的时候,他一定留着良心,就是把良心喂了狗,也不拿良心换东西。

"这就对了,这才是做人的本分。"他老娘夸奖着贾二说。

3

维格多利舞厅门外，七色的霓虹灯把世界照得一阵红一阵绿，贾二和许四坐在车把上，小脸儿随着霓虹灯的亮光不断改变颜色。贾二的小脸儿变绿的时候，许四说贾二像吊死鬼；许四的小脸儿变成五颜六色的时候，贾二说许四像是窦尔敦。他两个人你看着我好笑，我看着你好笑，倒也觉得乐呵呵的很是开心。

维格多利舞厅是天津卫最大的一家舞厅，里面伴舞的舞女，全都是一流舞女，年纪全都要二十来岁，也是一等的容貌。到维格多利舞厅跳舞，对于天津卫的公子哥儿们来说，是一种规格。"昨天晚上咱去维格多利舞厅跳舞去了。"就和现在说咱哥们儿去了一趟老百姓不许去的地方一样，露脸。

维格多利舞厅的老板会做生意，他在舞厅外面装上了高音喇叭，把里面歌女唱歌的歌声播出来，好引得过路的爷们儿动心，身不由己地就往舞厅里跑。贾二和许四虽然也听得愣神,可是他们再愣神,也不敢往舞厅里钻,就是探头看一眼也不敢。他两个人就是坐在舞厅门外听歌。

这一阵维格多利舞厅请来了当今走红的红歌星李莉莉小姐,舞厅门外立着一个大牌子,上面画着李莉莉小姐的芳容,真漂亮。圆圆的小脸蛋,看着就有三分的人缘儿,大大的一双眼睛,元宝嘴,抿住嘴带着三分笑,是那种讨人喜爱的容貌。许四蔫坏,一双眼睛死盯着李莉莉的画像想入非非;贾二老实,他时不时抬起眼睛来向李莉莉的照片看一眼,似乎觉着李莉莉的眼睛也正在望着自己,贾二就又低下了眼睛,装出没事人的样子,好像他压根儿就没抬眼看过李莉莉的画像一样。

突然,霓虹灯一亮,显现出了几个大字:"主唱歌女李莉莉小姐献艺"。许四不识字,看着霓虹灯也不知道是怎么回事,贾二是个机灵的孩子,自幼跟着念书的孩子用草棍在沙土地上学过几个字,这时,指着霓虹灯上的字,贾二就告诉许四说,高音喇叭里正在唱歌的这位歌女,叫李莉莉。

"知道。"许四回答贾二说,"我们杨六先生和李莉莉小姐的交情深着呢,听说这个李莉莉小姐卖艺不卖身,多少人找到门上来,无论开多高的价儿,人家也不动心,就是不哄你玩儿。"

"天下还有这样刚烈的女子?"贾二向许四问道。

"你是不知道呀，维格多利舞厅的舞女、歌女有三六九等，这李莉莉是主唱歌女，她是维格多利舞厅的财神娘娘。"接着，许四就向贾二介绍了一通舞厅的规矩。

　　正如许四所说，舞厅里的舞女、歌女分作三六九等。最下等的舞女，是那些和舞厅按月签约的舞女，她们每个月也就是从舞厅拿二十几元钱，刚够吃饭，连件新衣服都添不起。她们要想多挣点儿钱，就得在舞客的身上打主意，舞客点名找她"坐台"的时候，她们就向舞客要"小费"，其实这种"小费"都是明码标价的，捏哪块肉给多少钱，全都是铁定的规矩。"坐台"之后，舞客付钱，少一分钱也不行，而且一笔一笔和你细算，你摸了我什么地方了，又捏了我什么地方，算得清清楚楚。舞客说，那地方不是我故意捏的，是无意间碰着的，不行，碰着的也得付钱。

　　"真可怜。"贾二叹息了一声说。

　　"有什么可怜的？"许四不服气地向贾二问着，"天底下的事，就是这么一回事，卖良心的发财，卖身的哄着卖良心的玩，似咱们这等卖力气的，就得拉着卖良心和卖身的满世界跑，这就叫天下太平。"

　　贾二不和许四讨论天下大道理，他抬眼又看了一下李莉莉的画像，然后就一声不吭地坐在车帮上只等着侯宝成出来。

夜里十二点,杨六从舞厅里头一个走了出来,他登上洋车,只小声地对许四说了一句"谢家胡同"。许四拉起车来就跑走了。跑开几步,许四还回头向贾二看了一眼,那意思明明是向贾二炫耀,到了谢家胡同,那五角钱的好处,就算是到手了。贾二看着许四拉着车子走了,估摸着侯宝成也该出来了,果然没过多少时间,贾二就看见侯宝成也从舞厅里面走了出来,但是贾二没有迎过去,因为侯宝成身边还走着一位小姐,贾二眼尖,一眼就认出这位小姐就是画像上的那位李莉莉。

李莉莉小姐果然容貌出众, 和侯宝成一起从舞厅里走出来,显得侯宝成就是一个猪八戒,引得舞厅门外的行人都站在马路边上望着侯宝成和李莉莉。侯宝成身边有这样的美女陪着, 自然是一副得意神态,他紧紧地靠着李莉莉小姐,两个人就在路灯下走着。

贾二自然知道此时此刻自己应该如何做, 他拉着洋车跟在侯宝成的身后,随着他们两个人信步走着。贾二遇到过这种时候,侯宝成在什么地方交上了一个什么朋友,两个人在里面没有说够话,出来还要再说一会儿,这时,侯宝成就和那个朋友在马路上信步走着,贾二就拉着洋车跟在后边,几时侯宝成和这位朋友分手了,他再坐上洋车,贾二再把他送回家。

今天侯宝成交上女朋友了，贾二记着画像上李莉莉的容貌，那比侯宝成强万万倍了，侯宝成走在人家李莉莉的身边，人家李莉莉活像是一朵鲜花插在了一堆牛粪上，就是从后边看，贾二也替李莉莉小姐感到委屈。

侯宝成不是有钱吗？跟在侯宝成和李莉莉的身后，贾二心里暗自想着。贾二想，以李莉莉小姐的容貌，嫁到侯家大院做媳妇儿，足对得起侯门子弟了，就算是侯姓人家讲门当户对，可是你们门当户对娶过门来的那几位媳妇儿，全都是又圆又扁的大脸盘子，几位媳妇坐在一起，就像是开月饼铺似的，一个气死一个地"俊"。倘若人家李莉莉小姐肯嫁给侯门子弟，从此之后，还说不定侯姓人家的儿孙就变俊了呢。

一直跟在侯宝成和李莉莉的后边走着，贾二乱糟糟地也不知道想了些什么，他只是想着李莉莉的画像，又看着李莉莉的后影，越看越觉得这个李莉莉简直就是一个天仙美女，在贾二的心里，这样的美女，连碰她一下也是犯罪。

好在侯宝成到底不像杨六那样坏，他就是老老实实地和李莉莉并肩走着，两个人还小声地说着话。贾二听不见他们两个人都说着一些什么，反正贾二看着他们两个人说得很投脾气儿，越说越近乎，越说越亲热，等到不知不觉间侯宝成发现他俩已经走到侯家大院门外的时候，两个人已经亲热得几乎分不开了。

侯宝成本来还想和李莉莉再走一段路，但是面前就是侯家大院的高门楼，而且已经快到半夜十一点了，再不回家，吴三代就不给他开大门了。因为我爷爷吩咐过，过了亥时，也就是过了半夜十一点，无论谁来敲门，一律不许开；所以侯宝成必须在十一点之前回到侯家大院，否则他就要在门外蹲一夜了。

侯宝成看看表，说是连送李莉莉回家的时间也没有了，匆匆忙忙，侯宝成一步就迈进了侯家大院。随着"当"的一声，大门就从里面关上了。侯家大院门外，只剩下车夫贾二和李莉莉小姐。

贾二是个厚道人，他看着时间不早了，就对李莉莉小姐说："您坐上车，我把您送回家去吧。"谁料这位李莉莉小姐却压根儿没想坐贾二的车子回家，她只是低头在暗路上走着，一点儿让洋车停下来的意思也没有。

"后半夜了，市面上又乱，你一个人怎么回家呢？"贾二看李莉莉两手上金晃晃的首饰，担心她会遇上强人。

李莉莉小姐还是不想坐车，走在前面，贾二只听见李莉莉似是在对自己说："只求哥哥送我一程，我就感激不尽了，不怕哥哥耻笑，我坐不起洋车。

贾二一听，当即就怔住了，你一个走红的歌女，两手上金光银光地闪着，怎么连坐洋车的钱都没有呢？头一次认识，自己又是一个粗男人，贾二不便深问。走在李莉莉的身后，贾二又对李莉莉说道："我也不是想从小姐身上再挣出一份钱来，我是说这天津市面上什么人都有。"

"我不怕抢。"李莉莉回答，"我手上的首饰全是假的。那些强盗的眼睛好使着呢，他们才不费那份劲儿，我只是怕遇见坏人。"

"说起来，这么晚才回家，也是让人不放心。"贾二跟在后面说着。

"没有人不放心我，我只是不放心病床上的老娘。"李莉莉说话的声音都变得沙哑了，听得出来，她也是满腔的苦水，只是为了赚钱不得不强作欢颜罢了。

"既然惦着家里的老娘，你坐上洋车，我快跑几步，你不也能早回家一会儿吗？"贾二还是跟在李莉莉的身后说着，说过之后，贾二又说了一句："我不要钱。我是拉包月车的。"贾二的言外之意，是想告诉李莉莉小姐他不是那种拉一趟车收一分钱的车夫。

听过贾二的话，前面的李莉莉似是停了一下，这时，贾二拉着车子走过来，把车把放下，只等着李莉莉上车了。

李莉莉还是没有立即登车，她站在贾二对面，停了一会儿，对贾二说："哥哥一定以为我唱一个晚上能赚好多钱了。说起来也许赚得不少，可那全给舞厅赚去了，我自己一晚上只能得五角钱,比哥哥拉车,也多赚不了几个钱。做歌女有做歌女的苦处,外人以为我们想到哪里唱就能到哪里去唱,其实不是那么回事。卖唱有卖唱的规矩,歌女上头有'穴头',你想卖唱,得先到他那里拜门子,他认下你之后,说让你去哪里唱,你就得去哪里唱,无论你给他赚多少钱,他也是一天就给你五角钱,这还得说是走红的歌女,那些人老珠黄的歌女,唱一天才只赚两角钱。"

"我明白,你们的'穴头',就像我们的车主一样,你把车子拉出来一天,无论你赚得来钱赚不来钱,一天得交他一个车份儿,有时候赶上不上座,你拉一天的车,还不够车份儿钱呢。"贾二以自己的经验,想象李莉莉的处境,虽说有点儿不搭界,但是没有出大格。天下的道理都是相通的么,反正就是没有一个翻身的日子。

贾二一番同情的话,打动了李莉莉,她再没有迟疑,一步就坐到了车上。贾二拉起车来,按着李莉莉的指引,一路小跑就向老西开跑去了。

老西开是天津的贫民区,贾二万万没有想到一个如花似玉的走红歌女,会住在这样的贫民区里。听她的歌声,看她的容貌,再看她刚才和侯宝成一起走路时的娇态,贾二想李莉莉一定是住在英租界的哪座小洋楼里;谁料到,和侯宝成一分手,李莉莉先说自己坐不起洋车,又说自己就住在老西开,一下子,李莉莉在贾二心里的位置发生了变化,贾二把李莉莉看作和自己一样受苦的人了。

坐在贾二的洋车上,李莉莉对贾二说:"本来呢,我是一个中学生,已经读到初中三年级了,可是父亲突然去世,母亲又瘫在了床上,断了生路,家里唯一能够挣钱的人,就只有我一个了。可是我能做什么呢?我也考过记者、办事员呀什么的,可是我没有资历,也没有后台,一次次地眼看着被人顶下来了。后来经人介绍,说是可以出来卖唱,我在学校时音乐好,老师说我有一副好嗓子,这样,就有人带我见到了杨六……"

"你说什么?"贾二突然放下车把,转过身来,向李莉莉问。

李莉莉没有防备,险些没从洋车上摔下来,她一把抓紧车把,身子用力地向后仰着,这才总算是坐稳当了。

"我还是下来自己走吧。"说着,李莉莉又要下车。

"别别,你还是在车上坐着吧。"贾二又抬起了车把,对李莉莉说。

"就是比你们七先生从舞厅先出来一步的那个杨六。"李莉莉向贾二解释着说,"他逢人就说,他是什么总理大臣的儿子,天知道他说的是真是假,反正我就知道他是一个'穴头',顶数他不是东西了,舞厅想请歌女,先和他签合同。

唱一天给多少钱？请什么样的歌女来唱？都听他一个人的，然后他再把我们派到舞厅来，唱完一天，他给我们一天的钱，在天津卫，他是一霸。都说他有后台，所以他就说自己是总理大臣的儿子。"

"他和我们七少爷是好朋友。"贾二对李莉莉介绍着说。

"侯宝成是个少爷秧子，侯家大院有的是钱，由他'造'，他迟早要被杨六带坏的。"李莉莉在后面说着。

"唉。"贾二只是叹息了一声，就再也不说话了。

洋车跑到了老西开，这里大街上连个路灯都没有，才从"暗门子"里出来的浪荡男人，东摇西晃地在路上走着，贾二深一脚浅一脚地拉着车子在路上走，时不时地就觉着双脚陷在了泥窝窝里。唉，怎么就住在这么个鬼地方呢，还不如他贾二住的地方好呢。贾二虽说是住的铁道边儿上，可是到底人家铁路局沿着铁路还安着电灯的呀。

"哥哥，你停下，里面的小胡同越走越黑了。"坐在洋车上的李莉莉对贾二说。

"不行，这么黑的路，就更不能让你下车走了。"贾二此时觉得自己有了一种责任，不把李莉莉送到家门口，他就放心不下。

东拐西绕，李莉莉总算说了一声："到了。"这时，贾二停下洋车。还没等李莉莉从洋车上走下来，贾二就听见从一间黑洞洞的小破屋里传出来一声呻吟："小莉,是你回来了吗？快给我翻个身吧,可疼死我了。"

李莉莉连一句感谢的话都来不及说，一步就跑进了小破房。她拉亮了电灯,好歹把衣服往炕上一扔,一步就跳到了她母亲的身边,用足了全身的力气,要把瘫在床上的母亲翻过身来。李莉莉使足了力气,和每天一样,双手伸到母亲的身下,可是还没等她使劲儿,她母亲竟然翻过身子来了。

李莉莉一抬头,贾二站在了她的对面,他刚把李莉莉的母亲翻过身来,此时正拭着额上的汗珠儿呢。

李莉莉眼睛一阵发酸,禁不住眼泪就涌出了眼窝儿。

4

　　每天晚上,贾二拉着侯宝成在登瀛楼饭庄吃过晚饭,又拉着侯宝成到玉清池洗过澡,等侯宝成从浴池里出来,贾二也不问他想到什么地方去,拉起洋车,一口气,他就把侯宝成拉到了维格多利舞厅。

　　维格多利舞厅,李莉莉越唱越红,舞厅门外的大喇叭里不光传出来李莉莉唱歌的声音,还传出来舞客的喊声:"莉莉,再唱一个!"随之,就是一片喊"好"的声音。听着李莉莉在里面唱得起劲儿,贾二心里就觉着一阵舒服,他倒听不出李莉莉唱得怎么好,他只是感到,唱一天,李莉莉至少还能挣五角钱,至少她老娘还有碗粥喝,她自己也不至于再想别的路。

　　侯宝成每天往维格多利舞厅跑,又每天晚上带着李莉莉小姐出来散步,贾二拉着洋车跟在后面,看着他两个人亲热的样子,贾二也感到一点儿安慰。侯宝成不是老实孩子,可是到底还是侯家大院里的人,太出格的事他不敢做。贾二盼着侯宝成能对李莉莉有点儿真心，老祖宗也许顺应时代潮流，说不定，就成全了侯宝成和李莉莉。

贾二做了好事，自从贾二每天把侯宝成拉到维格多利舞厅来和李莉莉会面，侯宝成再也不到别的地方去了。当然，侯宝成若是南开大学的学生，他每天在维格多利舞厅泡，再也不到学校去读书，那实在是贾二的罪过；可是诸位不要忘记，侯宝成原来每天都是白天泡戏园子、澡堂子、饭馆子，晚上进赌场，入夜和一帮狐朋狗友去妓院打茶围，如今他再不到那些污浊地方去了，一心只在维格多利舞厅里泡，你说这算不算进步？

有了李莉莉，侯宝成哪里也不去了，一心只扑在李莉莉一个人身上，就算维格多利舞厅也是一个花钱的地方，可是到底只在一处花钱。维格多利舞厅手再黑，也比侯宝成一天跑八个地方花的钱少。

渐渐地侯宝成学好了，心神稳住了，眼神儿也不那么野了，脸色也变得红润了，而且白天他还在家里待着，有时候还看看书。因为人家李莉莉到底是中学生，走在路上李莉莉说起什么事，侯宝成一概不知，还真是尴尬。譬如说吧，有一次人家李莉莉就对侯宝成说过："人有悲欢离合，月有阴晴圆缺，此事古难全。"侯宝成想了半天，竟然没想起来这是哪出戏里的西皮流水，他还对人家李莉莉说："皇历上就写着，天晴月圆,不宜出门。"这还用问吗？大月亮地,什么都看得清清楚楚,你回来得太晚,连说谎话都没人信,人家明明看见月亮地上你刚刚走过来，你怎么能说自己一直在房里读书来着呢？

所以,侯宝成就开始看点儿书了,他还对我爷爷感叹说什么直到此时,他才知道该读的书没有读。我爷爷听了就劝他说,只要自己发奋,什么时候开始读书都会有长进的,我爷爷还给侯宝成找来许多书,他看了好些天,也没找到"此事古难全"在哪本书里,最后,还是我告诉他的,那是苏东坡先生的诗。侯宝成听过之后,就对我说,难怪东坡肘子好吃,原来他会写诗。

眼看着侯宝成白天不出门了,而且也问过大账房,说是侯宝成的花销少多了，再也不见侯宝成的腮帮子上有红嘴唇印了,也没有人上门来向他讨赌债了,我爷爷可是夸奖说侯宝成变好了。有一次正赶上我爷爷出门,恰好遇见贾二坐在大门洞里喝茶,我爷爷就夸奖贾二说："宝成这孩子变好了,贾二是有功之臣,早先那几个拉车的,光把宝成往坏地方拉,你说他能不学坏吗？"说完,我爷爷还赏给贾二两元钱,贾二谢过之后,感到很得意。

对于李莉莉,侯宝成还真是一片真心,凭李莉莉的容貌,凭李莉莉的学识,凭李莉莉的人品,只能比侯宝成强,侯宝成如果不是侯家大院的孩子,身无一技之长,他就是一个十足的吃饭虫,莫说是李莉莉,那是任何女子也不肯嫁给他的。侯宝成知道自己少年荒唐,认识了李莉莉,他想从此改邪归正,求我爷爷好歹给他找点儿事情做,他也到了成家的年龄了。

有一天,侯宝成还真就找到我爷爷房里来了。和我爷爷、我奶奶说过一些闲话之后,侯宝成就对我爷爷说:"三伯父,你看,我也是二十多岁的人了,总这样不务正业,也不像话。"

"哎呀,我的天,侯姓人家的孩子还知道不像话。"第一个感叹的,是我奶奶,她很为侯宝成的自爱而感动。随着,我奶奶就对侯宝成说道:"不是我们不想给你找点儿事情做,是你没有父母,我们一定要你出去做事,就好像我们嫌你在家里吃闲饭似的。"

"哎呀,三伯母,请三伯父给我找点儿事情做,这不是为我好吗?"侯宝成极是恳切地说着,"我再不出去做事,人就该说我没出息了。"

"唉呀,宝贝儿,你可是疼煞人了。"说着,我奶奶连眼窝儿都有点儿红了。

"你别是想娶媳妇儿了吧?"我爷爷对于他的儿子和侄儿们的心理状态和文化背景了如指掌,他当即就向侯宝成问。

"外面倒是有人要给我保亲。"侯宝成不避讳要娶媳妇儿的事,就直截了当地对我爷爷说着。

"女方是什么人?"我爷爷关切地问。

"中学生。"侯宝成先向我爷爷透露了一点儿。

"也得有个知书达理的人在身边开导着你。"我奶奶先表示同意地说。

"还有呢?"我爷爷又问。

"容貌很说得过去。"侯宝成回答。

"容貌不容貌的倒无所谓。"这时,又是我奶奶在一旁插言,"无论什么俊媳妇儿、丑媳妇儿,只要进了侯姓人家的大门,出不了两个月,就一定能出息成一个俊人儿。"

我奶奶说的话不假,进了侯家大院,无论丑媳妇儿、俊媳妇儿,全都是绸儿缎儿地穿着,花儿朵儿地戴着,你说那能不变俊吗?

"家里原来是做什么的?"我爷爷最关心门当户对,就先要问清楚家里的"老底儿"。

"听说,她父亲原来在世时,也是教书的;否则何以就让女儿读中学呢?后来她父亲去世了,现在就是母女二人相依为命地过着。"

"读书人出身就行,别的你自己看着拿主意吧。"当即,我爷爷就把这门亲事定下来了。只是,我爷爷只听侯宝成说女方的父亲原来是位老师,他并没有问侯宝成这位姑娘现在靠什么为生?因为我爷爷无论如何也不会想到,一个年方十几岁的姑娘,会出来卖唱谋生。以我爷爷的思维方式,他不知道人世间还有让女孩子出来卖唱挣钱谋生的道理,他只知道人们每天都要吃饭活着,他不知道人们怎样才会有饭吃?怎样才能活着?

　　侯宝成一心爱上了李莉莉,从此他还真就改邪归正了,他有了上进心,有了自尊心,更有了同情心。

　　上进心和自尊心,对侯宝成这类人来说,是根本不搭界的东西。侯家大院的财富,足够侯宝成吃一辈子的了,他再上进,还能给侯家大院再添一道院吗?至于说到自尊心,那就更没有用了,他们用不着自尊,他们无论多不自尊,别人也得老老实实地"尊"着他们,所以,他们也就从来不知道自尊为何物。再说到同情心,也许有人有一点儿,但像侯宝成这样的人,他们从来没有同情过任何人,也没有同情过任何事,他们看着成千上万的人挨饿,只自己一个人吃喝玩乐,一点儿也不觉得有什么过不去的地方。窗外饿殍遍野,他们照样在窗内喝 XO,照样洗桑拿,照样吃喝嫖赌,他们看着别人受苦受难,就和看着锯树砍花一样,那是和他们没有一点儿关系的事。

　　而如今侯宝成有了同情心, 他突然向贾二问道:"李莉莉唱一天歌,挣多少钱？"

"嘿,少爷居然还知道问一声别人一天挣多少钱。"贾二不无感动地对侯宝成说着,"说出来少爷不相信,李莉莉唱一天歌挣的钱,还不如少爷喝一杯茶花掉的钱多呢。"

"哟。"侯宝成大吃一惊地喊了一声,"一杯茶才几个钱呀？就算是最好的龙井,不才是二十元钱一两么,我一两茶叶喝五天,一杯茶才四元钱。"

"谁说不是呢？少爷,李莉莉小姐要唱八天,才能挣到这四元钱。"贾二干干脆脆地对侯宝成说。

"那,那,那……"侯宝成瞠目结舌地"那"了半天,也没"那"出一句人话来,直到最后,他才说出了一句话,总算是知道一点儿人间的艰难了。

"李莉莉的日子一定过得很苦吧？"

侯宝成说过之后,就要贾二带他去李莉莉的家。贾二想了半天,回答说是不能去,贾二也不向侯宝成解释原因,反正他就是说不能去。

贾二为什么不带侯宝成到李莉莉的家去呢？原因很简单,他怕侯宝成一看李莉莉原来这样穷,破坏了他心中对李莉莉的印象。可是侯宝成向贾二发誓说自己已经是一个富有同情心的人了,自从和李莉莉要好以来,他看见穷人,就怜悯得连肉也吃不出味道来了,他就是想让穷人们都过上好日子,人人每天都到维格多利舞厅来跳舞。

"谢谢您吧,侯少爷,若是人人都到维格多利舞厅来跳舞,那谁给您拉车呀?"贾二毫不客气地问侯宝成。

贾二虽然不让侯宝成到李莉莉家来,但他却一个人到李莉莉家去了。到了李莉莉的家,李莉莉正在帮助她老娘翻身,还是贾二力气大,过来扶了一下,就把李莉莉的老娘翻过身来了,感动得李莉莉连连地对贾二说感谢的话。

李莉莉当然想的到,没有什么重要的事情,贾二是不会到她家来的,安置好老娘,李莉莉就向贾二问道:"哥哥别是有什么事吧?"

"是有一件事呢。"贾二回答着。

"关于侯宝成的事?"李莉莉是个聪明人,她一猜就猜中贾二是为了侯宝成的事才到自己家来的。

"我只是想告诉李小姐,侯宝成还是一心想和李小姐要好。"贾二极是恳切地对李莉莉说。

"他们这类人,对谁都不会有真心的。"李莉莉倒冷静,她对贾二说着,"也许他一时动心,海誓山盟地要对我如何如何好,可是只要有一点儿风吹草动,他立马就变心了。如今他对我好,不过就是好玩罢了,不信,你看着,他们不把我推到火坑里去,不算拉倒。"

"就算是侯宝成过去荒唐,可是,人不是可以变的吗?"

贾二疑惑地问李莉莉。

"天理不变,人心也就不变,世道好,人就一天天变得好;世道坏,人心就会变得比世道还要坏。"李莉莉冷冷地对贾二说。

贾二自然不明白李莉莉讲的这些道理,他只是告诉李莉莉,侯宝成真是一心想娶李莉莉了。

李莉莉听后,倒是一点儿也不激动,她只是叹息了一声说道:"是祸是福,也只有由天定了。侯宝成真是一个男子汉,果然一片真心,也许我就再不至于出去卖唱;倘若他还是一个花花公子,那我就要被他们要弄得没有活路了。"

贾二不理解李莉莉何以不为能得到这样一个有钱的郎君而感到安慰,他觉得李莉莉把世界看得过于冷酷了。

"我不是给侯家少爷说媒来的,我是想告诉李小姐一声,该催促着侯家少爷早早地把这件事办了,免得夜长梦多。"贾二说过之后,就从李莉莉家里出来了。

从李莉莉家出来,贾二在大街上走着,自己也在心里暗想,何以自己要给李莉莉送这个信儿来呢?自己真是看着李莉莉有了归宿心里高兴吗?也许是吧?也许自己心里还有别的想法?不知道。贾二不敢再往下想了,一阵寒风吹过来,他打了一个寒战,一路小跑,他要回家了。

果然如李莉莉说的那样:"世道坏,人心就会变得比世道还要坏。"就在侯宝成准备着要和李莉莉成亲的时候,有一天侯宝成又去维格多利舞厅听歌,贾二坐在舞厅门外等侯宝成出来,恰就在这时,贾二看见杨六气势汹汹地从舞厅里大步地走了出来,走到舞厅门外,杨六一屁股坐在了他的洋车上,对拉车的许四说了一句:"去侯家大院!"然后,许四拉着杨六往侯家大院的方向跑去了。

贾二正琢磨今天杨六何以要去侯家大院,这时,车上又传来杨六骂人的声音:"他娘的,我的摇钱树,能让你小子抢走吗?"随之,许四就拉着杨六跑远了。

......

坐在舞厅门外,听着李莉莉的歌声,想着杨六为什么忽然要去侯家大院,贾二迷迷糊糊地竟然睡着了。也不知道过了多长时间,就听见侯宝成说了一声"回家",贾二支棱一下醒过来,回头再看,侯宝成已经坐到洋车上了。

估摸着时间不早了,贾二也没来得及问李莉莉小姐是怎么回的家,他急忙抄起车把,拉着侯宝成就跑了起来。侯宝成坐在车上,嘴里似是还嘟嘟囔囔地骂什么人。贾二不能问,就只断断续续地听见侯宝成自言自语地在车上骂着:"什么协约?那又不是卖身契,不就是一个钱吗?我给!小王八蛋,我算是认识你了。"

侯宝成气势汹汹地在车上骂着,不多时,已经看见侯家大院的高门楼了。也是侯宝成心里有鬼，远远地他就觉得今天侯家大院门外和平日有点儿不一样，平日他无论什么时候回家，侯家大院门外总是亮着盏昏昏暗暗的电灯：天津大户人家的传统，家里越是有钱有势，到了夜里门外就越暗，表示这户人家一到晚上就早早地全都睡下了，没有什么要在夜里合计的事。可是今天不同。今天已经到了入夜十二点了，侯家大院门外，却显得比平日要亮得多，明明是有什么事情，也明明是门外还站着人。坐在车上，侯宝成猜想，也许是哪院里来了亲戚，说话时间长了，直到此时才告辞出来，家里什么人出来送人。可是再一看，侯宝成不由得打了一个冷战，"停车！"侯宝成唤了一声，还没等贾二把车子停稳，侯宝成就"腾"地一下，从洋车上跳下来了。

"三伯父，这么晚了，您还站在门外做什么。"侯宝成紧跑了两步，跑到大门外，冲着我爷爷就鞠了一个大躬。原来他刚才在洋车上已经看见我爷爷和一个什么人正站在侯家大院门外不知道等什么人呢。

"你认得我这个三伯父，我不认识你这个不孝的侄儿。"冲着侯宝成，我爷爷没头没脑地就喊了起来。这一下吓坏了侯宝成，他一句话也说不出来，就是呆呆地摆出一副低头认罪的德行，站在我爷爷的对面，随时准备选择走坦白从宽的道路。

不等侯宝成说话，我爷爷又向侯宝成喊了起来："前天你说你要成家，我还以为从此你就要洗心革面、痛改前非了，幸亏是人家杨家公子跑来对我说了实情，若不，这侯姓人家的名声真就要败在你的手里了。你哪里是想娶妻成家呀？你要娶的那个妻，原来是一个歌女。呸！"

　　骂着，我爷爷还不能解他的心头之恨，一时火气上来，我爷爷冲着侯宝成就挥起了他的手杖，这时，只听见"嗖"的一声，眼看着手杖就冲着侯宝成抽过来了。

　　侯宝成傻了，他眼看着我爷爷挥起了手杖，一点儿也不知道躲避，闭紧了一双眼睛，只等着挨揍；幸亏这时候那个站在我爷爷身边的人一抬手，拦下了我爷爷已经举到了头顶的手杖："老太爷别着急，有话慢慢说么。"

　　侯宝成等着挨手杖，但是半路上我爷爷的手杖被人拦住了。侯宝成抬起头来刚想向那个救他于危难之时的恩人表示感谢，一睁眼，此时此刻站在我爷爷身边的这个人，竟然是杨六。

尾声

"杨六,我和你拼了!"侯宝成揪着杨六的衣服领,把杨六从维格多利舞厅拉到了大街上。维格多利舞厅门外,一片灯火辉煌,众目睽睽之下,侯宝成要和杨六拼命,他非要把杨六宰了不成。

眼看着侯宝成就要把李莉莉娶过门来了,我爷爷、我奶奶那里,他好歹绕了个弯儿,就把事情瞒过去了,娶过门来,生米煮成了熟饭,再说到那时李莉莉也不出去卖唱去了,侯姓人家无论愿意不愿意,李莉莉也成了侯宝成的媳妇儿了,侯宝成也就成家立业,该做点儿正经事情了。

可是杨六到我爷爷面前打了侯宝成的小报告,这一下,侯宝成娶李莉莉做媳妇儿的美梦破了,我爷爷、我奶奶无论如何也不会把一个歌女娶过门来,做他们的侄儿媳妇儿;而且我爷爷发下誓言,一定要给侯宝成定亲,管他"月饼"不"月饼"呢,反正要的是门当户对。

侯宝成疯了,他曾经想和家庭决裂,登报声明和侯姓人家断绝一切关系,可是他又知道自己身无一技之长,又不肯卖力气,离开了侯家大院,他连个吃饭的地方都找不到了。所以,思量再三,在李莉莉和侯家大院二者之间,他觉得还是侯家大院重要,如此他也就再不敢闹了。

不敢在侯家大院闹,他就出来找杨六拼命。偏偏这一连十来天,侯宝成到维格多利舞厅来,连李莉莉的面儿也见不到了,问过舞厅老板,舞厅老板说李莉莉不知道到什么地方唱歌去了。侯宝成得不到李莉莉,又见不到李莉莉,忍无可忍,他终于把杨六拉到大街上,要狠狠地整治他一下,也解解他的心头之恨。

杨六当然不怕侯宝成,他就和侯宝成嬉皮笑脸地闹。杨六一面和侯宝成挣扎,一面央求侯宝成说:"有话好好说,大马路上这样闹,你也不怕人家笑话。"

"我怕人笑话?你才应该怕人笑话呢!"侯宝成说话小公鸡嗓,骂起人来,也是沙哑得似是小孩撒泼,他在马路上揪着杨六的衣服领要和他算账,回过头来还对贾二说:"贾二,我打不过他,你替我狠狠地揍他,你打他一拳,我给你一块钱,你打瞎他一只眼,我给你十块钱,你打断他一条腿,我给你一百块钱。"

"你呀,你呀,你真是狗咬吕洞宾,不识好人心呢。"杨六和侯宝成纠缠着说,"我这是为你好呀!"

好不容易从侯宝成手里挣扎出来，杨六就站在马路上对侯宝成说："娶李莉莉做媳妇儿，瞒过了初一，瞒不过十五，迟早你三伯父知道了，也没有你的好日子过，倒不如早早地和李莉莉断了，你才能找到正路。"

"就算我不娶李莉莉了，可是你把李莉莉放到哪里唱歌去了？"侯宝成还是恶狠狠地问杨六。

"我哪里也没放她出去。我就让她在家里闲着呢，让她饿两天，饿急了，让她做什么，她就得乖乖地给咱爷们儿做什么。你不是就想和她玩吗？走，哥哥早给你想周全了，比你自己想得还周到呢。走，上车。"

说罢，杨六和侯宝成坐上了各自的洋车，许四拉着杨六走在前面，贾二拉着侯宝成跟在后面，没拉出多远的地方，前面许四的洋车停下了。贾二抬头一看，惠中饭店。贾二心里一怔，当即，他就想到，今天杨六一定是想出什么坏点子来了。

前面的杨六已经从洋车上走下来了，后面的侯宝成也跟着从洋车上走了下来。站在惠中饭店门外，侯宝成不知道杨六出的是什么坏点子，他就向杨六问道："我就想李莉莉，你把我拉到这儿来，无论什么天仙美女，我也不要。"

"哎哟，我的傻兄弟，哥哥把你送到这儿来，不就是成全你吗？里面的房间我已经给你开好了，李莉莉正在家里等着我接她出来唱歌呢。我现在就派许四到李莉莉家,就说是接她到维格多利舞厅唱歌,她已经十来天没出来了,她也早就吃不住了,如今听说是我接她出来,她能不出来吗?"

"你把李莉莉拉到这儿来?"侯宝成疑惑地问杨六。

"拉到这儿来,不就成全你了吗?"杨六向侯宝成诡诈地眨了一下眼,很是为自己想出的主意得意。

"我我,我不做那种缺德事。"侯宝成似乎已经明白杨六出的是什么坏点子了,他还在推脱说自己不愿意做这种不是人的事,只是,这时杨六早把他推进惠中饭店里面去了,就在侯宝成的身后,杨六还在说着:

"捡便宜吧,爷们儿,这样的上等货,还是清水呢,连我自己都没有沾过。只是咱们有言在先,明天早晨你给她多少,那是你自己的事,我这头,可是少了一千块打发不了。"

把侯宝成推进了惠中饭店,杨六回过身来对他的车夫许四吩咐说:"你到李莉莉家把她接出来吧,就说去舞厅,然后,就把她拉到这儿来,她若问怎么到这儿来呢?你就说我在里面等她呢。只要把李莉莉拉来,就没有你的事了,惠中饭店的伙计知道侯宝成在哪间房里。"

杨六才说完话,许四拉着洋车就走了。拉起车来,许四还向贾二看了一眼,他明明是在向贾二暗示,今天这一趟,他又该得不少的外快。

许四拉着杨六的洋车走了，杨六倚过身来就对贾二说："麻烦你送我回家吧。本来应该派你去接李莉莉的，可是李莉莉一看是你的车子，说不定她还不肯上车呢，派许四的车去，她不敢不来。放心，别看没派你去，今天也有你一份赏钱。"

　　说着，杨六就坐上了贾二的洋车。

　　眼看着侯宝成被杨六推进了惠中饭店，贾二的心上就似插了一把钢刀，立即，侯宝成这些日子在贾二心中那种老实孩子的形象，就似被风吹跑了一样荡然无存了。侯宝成呀侯宝成，原来你是这么一个无情无义的东西，你说你爱上了李莉莉，可是你的那一点点爱情，也太不值钱了。你三伯父才骂了你几句，你连话也不敢说，就把李莉莉扔到脑袋后边去了。侯家大院有什么了不起？大丈夫顶天立地，好好的一条汉子，怎么就连个媳妇儿也养不起？说到底还是侯宝成对李莉莉没有真心。没有真心也罢了，人家李莉莉也不愁嫁不出去，嫁不上高门楼人家，还嫁不上小门小户人家吗？只要两个人本本分分地过日子。什么叫富？什么叫穷？可是天不该地不该，你侯宝成不该和杨六一起出坏点子，把人家李莉莉诳到惠中饭店来毁了人家的一生。呸，侯宝成，如今贾二算是认识你了，从骨子里，你就是一个大坏蛋。

　　拉着杨六在大街上跑，贾二心里乱糟糟地也不知道想了一些什么，他就是觉得嗓子眼儿里似堵着一只臭鸡蛋，吐也吐不出来，吞也吞不下去，堵得他几乎要发疯，此时此刻，他连杀人放火的心都有，他看什么都有气。

只是，他贾二就是一个车夫，没有人问他此时此刻心里痛快不痛快？痛快你要拉洋车，不痛快你也得拉洋车。你不是对您老娘说过，这世上有人卖身、有人卖良心吗？你的本分，就是把卖身的给卖良心的拉到地方，然后再在外边等着人家出来。

"呸！"也不知道贾二是冲着谁来气，他狠狠地吐了一口唾沫，低着头还是拉他的洋车，倒是坐在洋车上的杨六在后边喊了一句："你这是往哪儿拉我呀？"这时，贾二才发现，原来他忘了车上坐的是杨六，又拉着洋车往侯家大院来了。

"六爷，您住哪儿？"贾二回过头来，问车上的杨六。

"我住英租界小伦敦道。"杨六洋洋得意地回答着。

英租界小伦敦道，是天津卫富人住的地方。杨六说他是什么国务大臣杨什么什么的儿子，如果他真有这样一个爸爸的话，他是应该住在小伦敦道的。

拉车的么，人家说是去哪儿，你就得乖乖地把人家拉到哪儿，后来说，这叫只知道拉车，不知道看路，可是那路是由你看的吗？有权有势的人看路就够了，老百姓，人家能让你拉洋车,就不错了,想拉洋车拉不上的人还多着呢,念佛吧,贾二。

　　贾二沿着大马路跑着,不知道是怎么回事,他自己也没觉察出来,他竟然向着老西开的方向跑去了。老西开是贫民区,而且那里面住着李莉莉,此时此刻,杨六已经派车接李莉莉去了, 侯宝成已经开好房间, 在惠中饭店里等李莉莉呢。只要这一场鬼戏唱完,待到明天天一亮,侯宝成也就心满意足地把李莉莉弄到手了,李莉莉也被侯宝成糟蹋了,杨六的钱也挣到腰包里了,就连许四和他贾二,也各人分到一点儿好处:于是天下重归太平,他们几个又在物色下一个倒霉的人了。

　　贾二发现自己走错了路,可是他还不想再拐出来,好像有一种力量支使着他往老西开跑。老西开里有一个人就要大难临头,而他自己明明知道这件事,不告诉李莉莉一声,他就再不配做人了。

　　可是,如果你把这场骗局戳穿了,以后,你也就别想吃这碗饭了,天津卫你也就别待了,走到哪里人家也说你不配拉洋车,你败坏了主子的好事,谁还雇你拉洋车呀?码头上扛"大个儿"去吧。

　　胡思乱想地在马路上跑着,车上的杨六似是睡着了,也没发觉贾二已经快跑进老西开了。正在这时,贾二看见对面一辆洋车匆匆地跑了过来,再一细看,拉车的就是许四。

许四眼尖,老远地他就认出了贾二,许四一路小跑靠近过来,挨近到贾二之后,许四小声地向贾二问了一声:"贾二,你怎么也来了?"

贾二没有回答许四的问话,他似是觉得自己心里烧起了一阵无名火。也不知道他是哪里来的这么大的胆量,向着许四的洋车,贾二放开嗓子就喊了起来:"李小姐,赶紧回家,他们把你卖了。侯宝成在惠中饭店开了房间,正等着你呢!"

"贾二!"贾二的喊声未落,车上的杨六已经发觉贾二把他拉到老西开来了,他支棱一下从洋车上跳下来,一脚就狠狠地向贾二踢了过去。贾二到底比他们花花公子有功夫,一闪,就闪开了。

这时,李莉莉也从车上跳下来了,看着眼前的景象,她自然也明白过来他们是如何打算的了;只是,李莉莉似也没大愤怒。贾二原以为李莉莉一知道杨六把她卖给侯宝成之后,会返身立即跑开的,但是李莉莉一点儿也没有往回跑的意思,她倒是非常冷静地站在杨六的对面,冲着杨六说道:

"我早估摸会有这一天的,你一连半个月不许我出来唱歌,在家里我就琢磨你到底想从我身上捞点儿什么?不就是一个卖身吗?我卖了。只是咱们得说好条件,我去了惠中饭店,你对我有怎么一个打算？"

"好妹妹,你真是一个痛快人。"听了李莉莉的话,杨六当即就回答着说,"走这条道，都得有这一步，你想洁身自好,那就是断了自己的生路。我杨六也是一个讲义气的人,咱们今天就在马路电灯底下说话，只要你今晚去了惠中饭店,我和你签三年的合同,保你唱红天津卫,随后,我还带你下上海,不出三年,我保你把半辈子的钱全挣出来。"

"你若是说话不算数呢？"李莉莉不相信地向杨六问。

"现在我就让你看看我说话算数不算数,只要你答应去惠中饭店,给你,这是二百块钱。"说着,杨六就真从口袋里掏出了一沓钱,而且最让贾二痛心的事情却是,李莉莉一手就把钱接过去了。

李莉莉接过钱之后,向贾二看了一眼,这时,她似是要安慰贾二,便走过来对贾二说道:"哥哥你也别看不惯,迟早也是这个下场。我已经半个月没出来卖唱了,谁想过这半个月我是怎么过来的？他们不逼我走这一步,我自己也要走这一步,哥哥看得清楚,你妹妹不是那种甘心卖身的人。"

说着,李莉莉的眼窝里涌出了泪珠,昏暗的路灯下面,贾二看见李莉莉美丽的脸庞早就被泪珠沾湿了。贾二一阵心酸,他也觉着眼窝有点儿湿润,但是到底他不是一个爱流泪的人,看着李莉莉可怜的样子,他感觉他的心里在流着鲜血。

"贾二,我看你是活腻了。"没容贾二想出话来安慰李莉莉,杨六一步就向贾二走了过来。他一把抓住贾二的衣服领子,抢起巴掌,就打了贾二一耳光,打过之后,杨六还不解气,他就冲着贾二狠狠地骂了起来:"臭拉车的,你听着,这世上没有你说话的份儿,今天居然你也想冒出来管点儿闲事,瞧我不打断你的腿才怪。"

说罢,杨六回身冲着许四吩咐道:"许四,我没有力气打他,你来替我给他立点儿规矩,告诉他应该怎么活着。你打他一拳我给你一元钱,你打瞎他一只眼,我给你十元,你打断他一条腿,我给你一百元,打出事来,我顶着,你给我打!"

许四当然不会违抗杨六的吩咐,听了杨六的话,他一步就冲了上来,不等贾二有什么准备,许四的拳头已经举起来了。

贾二知道自己大祸临头了,他也不想跑,他也跑不了,他还有一辆洋车就停在身边,他总不能把洋车扔下自己跑开。双手抱住脑袋瓜子,贾二做好挨揍的准备。谁料许四只把拳头在贾二的头上挥了一下,这时,贾二就听见许四在他耳边小声地说了一句话:"傻×,你还不快跑?"

这一句话提醒了贾二,贾二操起车把,拉起车来就跑。许四做出一副着急的样子在贾二后面追着,一面追着,许四还一面喊叫:"我看你往哪儿跑!"

贾二果然是一个刚烈的好汉,就是后面有人追着,他也还是不害怕,他一面跑着,还一面回过头来放开嗓音大骂了一句:"我×你妈妈!"

……

晴天霹雳,贾二的骂声把许多人从睡梦中惊醒了,人们听见骂声,在被窝里翻了一个身,然后又一起骂了一句:"半夜三更的骂街,把人惊醒,真浑蛋!"

天津扁担

中国式的幽默,几乎每一种职业,都有一个被物化的绰号:医生叫白大褂,警察叫大壳帽,司机叫方向盘,卖鱼卖菜叫耍秤杆儿的,此外,还有什么房虫子、电老虎、油耗子,再等而下之,说出来就不好听了。

但是中国人尊敬作家,中国人对作家称之为笔杆子,著名的大作家叫大笔杆子,没有名气的小作家叫小笔杆子,老作家叫老笔杆子,此外还有臭笔杆子、烂笔杆子、破笔杆子、黑笔杆子,等等等等,听着煞是亲切。

这里要说的是一种被天津人称之为扁担的社区人种。说玄了,什么叫社区人种呀,不就是挑水的吗？对了,就是挑水倒筲的人夫。筲,就是木桶,天津人管水桶叫水筲,"二梆子,下河挑两筲水去！"老娘派下差事,就是让儿子担两桶水来。

很早很早以前,天津人喝河水。我的天！大河之上漂着一层秽物,挑到家来,就算是要烧开了再喝,那也太不卫生了呀。是的，那时候天津人不懂卫生，可是那时候天津海河里的水，也非常卫生；河水非常干净，没有异味，也没有脏东西，大河里有鱼，河堤上有螃蟹，河水清清凌凌，喝着还有一股甘甜的味道。天津人祖祖辈辈就是喝大河里的水长大的，也没听说有人得过肝炎。后来呢？后来天津人就不喝河水了，人们说河水里有细菌，细菌自然是眼睛看不到的，眼睛看到的就是河面上漂着塑料袋。连鱼都死光了，谁还敢喝？过去说一个人愚蠢，就说他守着干粮挨饿，现在人们渴了，就是守在河边，你也不敢喝一口河水，也没法喝，全都黑了，和酱油一个色儿了。人从桥上过，都得憋足了一口气，还得快步儿跑。有人说为什么现如今小两口结婚后总吵架，就是因为他们结婚之前总在河边儿上谈恋爱，爱情早就被熏臭了。

话说回来，咱就说扁担，而且还是说天津扁担。

扁担，就是一类人的称谓，职业挑水工作者就叫扁担，类如现在的专业作家，但现在的专业作家有作家协会发工资，而那时候的扁担却要自己靠挑水养活自己，类若现在的合同制。开埠之后，天津有了自来水，但是除了租界地之外，自来水管道只通到水铺，什么人想开一个水铺，就出钱到意租界自来水公司办个手续，把自来水管道引到水铺来，从此他就开起水铺来了。天津的水铺，第一是卖开水，天津人早晨不起火。天津人清晨起来的第一件事，就是去水铺打开水，无论是多大的宅门，类如我们侯家大院，清晨起来的第一件事，也是到水铺去打开水。当然我们家的男人不会自己去水铺打开水，各房各院清晨用的开水，都是用人们打来的。侯家大院清晨打开水的场面也是蔚为壮观的，府佑大街老和轩水铺，头一锅开水不外卖，只侍候侯家大院一户人家。

水铺的第二桩生意，就是卖自来水。自来水怎么一个卖法？水铺卖水牌，一只水牌一挑水，那时候还有大挑小挑，大挑的水牌，卖五分钱，小挑的水牌卖三分钱，民家用水去水铺挑，水铺再按月向自来水公司缴水费，一吨水才几个钱？这样，水铺就有利可图了。

平常百姓家吃水自己去挑，大户人家用水，就要专业的人夫往家里送了。这类送水工作者，也就是人们常说的扁担，都和水铺订有合同，水铺给他们备有水车，他们每天早晨到水铺放满一车水，再拉着水车到各家各户去送水。把水车拉到各家各户门外，放下水车，脚一踢，就把水车的支架踢下来了，放好一对水桶，拔下水车的木塞，哗哗地，就注满了两桶水。挑起水桶，走进院来，要拉着长声喊一声："水——"一面喊着一面往院里走，为什么要喊这一嗓子？这是规矩，那时候男女有别，养在深闺里的千金小姐，不能让外面的粗男人随便看见。扁担挑着水走进院门，大声地喊一声"水——"，其用意是请小姐淑女们回避。再至于小姐淑女们在房里趴着窗户向外望，想看看这个挑水的小伙子长得什么模样，那就是她们自己的事了，挑水工作者不负任何责任。

如此就说到一个挑水的天津娃娃秦扁担。秦扁担开始给府佑大街大户人家挑水的时候，只有十八岁，他个子高，足足二米二，而且身体壮，看着就和一匹高头大马似的，走在路上，人见人爱，有那等老太太们喜爱壮小伙子，一看秦扁担过来，瞅冷子上去就掐一把。掐不动，秦扁担身上的肉比石头还硬。

秦扁担这孩子老实，一天也不说一句话，他给各家各户挑水，无论看见什么事情，他也不往外面传。再说他也看不明白，一户人家老的哭了，少的笑了，为什么？他不知道，他就挑着一担水走进院里，再把水倒在水缸里，回头就走，他能看出个什么道理来呀。

而且秦扁担还有一个最大的优点，那就是他除了挑水倒筲之外，还爱帮着主家干活，秦扁担挑水进来，正赶上主家做什么活计，譬如搬个桌子椅子呀什么的，"扁担，过来帮个忙！"二话不说，放下水桶，秦扁担就走过去了。秦扁担的力气也大，主家卖出老命没干成的事，他一伸手，就做成了，也用不着主家说感激的话，放下活，操起扁担，秦扁担就走出院门去了。你说像秦扁担这样的人，谁能不喜爱呀？

就因为秦扁担人品好，所以这一连多少年，秦扁担在府佑大街挑水倒筲，没落下闲话。一个挑水筲的人夫，能有什么不是呀？哎哟，您是不知道呀，这天津卫不就是一个是非窝吗？一个人老老实实地在家里坐着，譬如就是写小说吧，可是写着写着，就写出事儿来了。有人看着这篇小说，一个电话打过去："喂，你读到林希写的那篇小说了吗？他那篇小说骂你哪。"你瞧，一个比秦扁担还要老实的窝囊汉子，就陷到是非圈里去了，多少年也洗不清，就是觉着那个人不理我了，过了多少年，一问，才知道，人家说我骂他了，冤煞人也！就咱爷们儿这个份儿，我哪里敢骂人呢？

秦扁担就没揽到是非圈儿里去过，秦扁担傻，水铺掌柜把一辆破得连车轱辘都转不起来的旧水车，放给了他。这辆旧水车，拉起来吱吱响，才一进府佑大街，人们就知道秦扁担送水来了。这时候秦扁担再喊一声"水——"，不想让秦扁担看的大姑娘，早早地就躲起来了，想让秦扁担看的大姑娘，也早早地就跑出来了；所以，在府佑大街这许多年，就没有人说过秦扁担瞧过谁家的大姑娘。非礼勿视，秦扁担果然真君子也。

而且秦扁担这孩子手脚干净，挑水倒筲进百家门，这许多年府佑大街无论谁家丢了什么东西，从来也没有人怀疑过秦扁担。无论是你绳上晾的衣服，还是你院里放的物件，秦扁担连看也不看一眼，人家孩子不贪"小"，不爱小便宜。挑水挣钱，卖的是扁担炖肉，和林希老哥我当年在农场时一样，卖一天扁担炖肉，换两个窝窝头吃，干的就是蚀本生意。秦扁担比老哥我好，人家干一天活，能挣个饱，吃得肚皮梆硬，拿拳头砸，不见动，说不定还会把你手腕子弹回来。唉！咱就没享过这份福。

就这样，秦扁担凭着他的本分老实，深得府佑大街大户人家的信任。秦扁担因为饭量大，又必须多出把力气，所以，每天在府佑大街，秦扁担早出晚归，一个人干着三个人的活，一个人也吃着三个人的饭。

每天清晨天明之前，秦扁担就来到水铺，挑起一担热水，先送到了侯家大院南院的老九爷家，老九爷家起床早，起床之后洗漱用水，等的就是秦扁担这头一担热水。把热水送到侯家大院南院之后，放下扁担，秦扁担拿起老九爷的大铜壶，回到水铺给老九爷打头一壶的开水泡茶，这一趟，算白干，老九爷不给水牌。把开水送回老九爷府上，秦扁担再回到水铺，拉起水车再给各家各户送水，头一户，还是侯家大院南院的老九爷。

老九爷家用水多，前院后院有好几口大水缸，秦扁担一担一担要一连往院里挑好几挑水,把几口大水缸全放满水,然后拉起水车,就到下一家送水去了。

整整一个上午,秦扁担给府佑大街家家户户的水缸挑满了水,这时已经到了该吃午饭的时间了。回到水铺,秦扁担把从家里带来的大窝窝头,放在水铺的大灶膛边儿上烤热,向水铺掌柜讨一碗开水,一只手举着大窝窝头,一只手端着水碗,秦扁担坐在水铺门外的老槐树下边,美美地啃上一顿窝窝头,再倚着树干睡上一小觉,下午醒过来,秦扁担再走进家家户户的院门,这时,他就开始给各家各户倒泔水筲了。

就这样,秦扁担上午挑水,下午倒筲,一直要忙到天色将黑,他才能回家,回家之后,就拧大窝窝头。怎么就叫拧大窝窝头?窝窝头顶端是一个尖儿,底部有一个窟窿眼,做窝窝头的时候,要把一团和好的棒子面捧在手心里,把面团拧得在手心儿里转,不多时,一个尖形的窝窝头就拧出来了,再放到锅里蒸熟,这就叫把大窝窝头拧出来了。秦扁担拧的窝窝头个儿大,一斤棒子面拧两个窝窝头,像个小金字塔似的。

这里,就只说秦扁担给侯家大院南院老九爷家挑水倒筲的事。

侯家大院南院里的老九爷,自然也姓侯,但他另立门户，和我们正院北院不走一个门，不算一家人。老九爷有钱，他老爹还在朝里做过官，至今前院里立着旗杆，身份比其他侯姓人家的高，所以老九爷就不愿意和侯姓人家的孽障儿孙们搅在一口黑锅里，任人在背后点脊梁骨。

老九爷认为，一户人家的儿孙不成器，只有两个原因，一个原因是他从生下来就坏，老爹无论如何管教，都无济于事，那就只能最后把他划为孽障儿孙，再给他戴上一顶狗儿的帽子，也不轰出府门，就是留在家里做反面教员，给其他的儿孙看：瞧见了吗？为什么你们穿棉，他穿单？为什么你们吃肉，他喝汤，而且每七八年还要收拾他一通？就是因为他是反面教员！这一下，当时正吃着肉的儿孙们就全都老实了。

老九爷认为一个孩子不学好的第二个原因，就是受了坏人的勾引。老九爷认为，一户好好的人家，从祖辈上就只知道仁义道德，祖祖辈辈读的只是圣贤书，做的更是德性事；怎么到了后辈，就出来一个孽障作恶了呢？老九爷说，那是受了外鬼的勾引，没有外界的影响，譬如后来的西方文化流入，老门老户人家的孩子是不会学坏的。所以，老九爷家院墙高筑，院门紧闭，不让他儿子和外界来往；再加上有老九爷自己的榜样做到这里，他儿子就绝对错不了，只要上梁正，下梁就绝对歪不了。

何以老九爷对他的独苗儿子侯宝成就要求得这样严格呢？因为他有家业。头一桩，老九爷家院里有旗杆，那是他老爹在朝里做过官的标志，前辈立下的功名，过眼烟云了，可是前辈留下的名声，不能毁在后辈人的手里；而且最重要的是老九爷有钱财，老九爷说，只要他儿子不造，就是坐吃，他那点儿钱财也足够吃几辈子的。所以，对于他的宝贝儿子侯宝成，老九爷不求其有本事，只求其不造孽，这就是家道兴旺了。

老九爷家的南院，前前后后，虽然是四套大宅院，可是人出人进，只走一个门。老九爷说，一个大家族，只能有一个大门，门多了，看不过来，日久天长势必就要出事。这就和后来各单位设立的传达室一样，单位再大，人出人进，只能走一个传达室，来了什么人，在传达室登记，单位丢了东西，可以到传达室去查。只是后来就查不出来了，传达室只登记来访的客人，出去的时候带走了什么东西自然要查看，本单位的人带出去什么东西，传达室就管不着了。何况真正要带出去的东西，你还看不出来，譬如公款吃喝，传达室根本就查不出来。他出去的时候，一脸的菜色，回来的时候嘴巴上一层油，你传达室能问出个究竟来吗？

所以，这传达室只能防外鬼，不能防家贼。这样，传达室也就不设级别太高的干部任职了。

老九爷深知门户之重要，于是他就把前院二道门旁边的一间厢房，作为自己的经堂。说到这里，读者诸君明白了，老九爷信佛。对了，老九爷信佛信鬼，整天就在家里读经，他在前院靠近二道门的厢房里读经，兼任侯家大院南院的传达室主任，监视着一家人的出入，其实也就是监视着他儿子侯宝成的出入。

侯宝成今年二十来岁，正是心猿意马的年纪。近朱者赤，近墨者黑。老九爷是很知道环境对一个人影响的重要性，所以他断绝了侯宝成和外界的一切往来，不许他在外面结交朋友，不许他到外面去吃喝玩乐，更不许他去见识外面的花花世界，就是每天把他关在家里读书。读什么书？当然是《语录》，别以为我要开政治玩笑，是读孔夫子的语录："子曰：学而时习之，不亦说乎"一段，是语录不是？

老九爷南院里的规矩再大，他也不能把侯宝成总锁在侯家大院里。侯宝成也要出去走动，就是读书吧，不也得出去串书馆买书去吗？能跟着你只读《金刚经》吗？何况老九爷也不是那种不讲道理的人，譬如儿子嘴馋，家里的饭菜未必就合口味，出去吃一次馆子，也算不得有悖祖训。再譬如外面还有许多的高尚娱乐，侯宝成有时候想出去听听书，看看戏，老九爷也不反对。

但是，就是有一个条件，只能走一个门，而且也只有一个门好走。这就和我们正院里的情形不一样了,我们正院,好几个门,大门关了,还有旁门。我老爸荒唐,半夜回家,不敢叫正门,就叫旁门,悄悄地溜进来,第二天我爷爷问他昨天夜里造什么孽去了?他就敢腆着脸对我爷爷说,他昨天夜里参加全民植树去了。"唉,你好!"我爷爷一摇头,无可奈何地也就走开了。

老九爷家的南院,制度就严,无论你侯宝成出去做什么事,也要从老九爷眼皮子下边过,前院二道门旁边,老九爷正在房里读经呢。

"爹,我遛书馆去了。"老九爷一看表,是下午三点。过了一阵时间,侯宝成从外面回来,"爹,我回来了。"老九爷再一看表,是下午六点,前后三个小时,而且又是光天化日,他做不了什么坏事,放心了。

最令老九爷放心的事情是,侯宝成不结交狐朋狗友。侯家大院南院,不像我们正院这样,每天人出人进的热闹非凡,就像是过什么节赛的;侯家大院南院,门可罗雀,从来没有人敲门找侯宝成。只要侯宝成一回家,院门一关,再没了闲杂人等,前院里老九爷读经,后院里侯宝成读语录,你说说,这南院能出事吗?

偶尔,院里还有一个秦扁担。

秦扁担,老实孩子一个,每天未到五更就来到南院侍候着。前面说过了，天不亮他就把洗漱的热水送到老九爷府里来了，立在二道门外等着秦扁担的，就是老九爷的独苗儿子侯宝成。侯宝成起得早，闻鸡起舞，洗漱之后，他要用功。

秦扁担给南院送过来热水之后，立即回到水铺给老九爷打水泡茶。老九爷头天晚上读经，睡得晚，只是他睡醒过来之后，还没出被窝，一睁开眼，就得喝新泡好的茶，所以，无论老九爷睡醒没睡醒，这头一壶茶要早早地侍候好了。

打过开水之后，秦扁担就在前院二道门内啃他从家里带来的窝窝头。前面说过了，秦扁担爱饿，他一睁开眼，就得吃，到老九爷家干一通活，肚子早就"咕咕"地叫了，不立马啃个窝窝头，他就挑不动水了。

一天早晨，秦扁担照例挑着一担热水，喊了一声"水——"，走进了侯家大院的南院，正好，侯宝成早站在二道门外等着秦扁担呢。

秦扁担放下水桶，回身就想走出去，这时候宝成一招手，示意秦扁担随他到后院来。秦扁担傻，也没问有什么事，就跟在侯宝成的身后，走过前院，进到侯宝成住的后院来。

走进后院，秦扁担站在侯宝成对面，什么话也不说，只等着侯宝成的吩咐。侯宝成看了看秦扁担，"扑哧"一声笑了。秦扁担也不问侯宝成自己有什么好笑的地方，还是呆呆地站在院里,果然就像院里立着一根扁担一样。

"扁担,人家都说你傻,是不是!"侯宝成笑眯眯地问秦扁担。

"嗯。"秦扁担答应一声,表示确有其事。

"今天我拔呲拔呲你,看看你到底是真傻还是假傻。"

这里,要交代一个词:拔呲。

拔呲,就是给你出个难题难为难为你的意思。我们小时候,爷爷就总爱"拔呲"我们:"说说,和尚分油,大瓶子装十斤,中瓶子装七斤,小瓶子装三斤,如何分,才能分出两个五斤?"

这一拔呲,小弟兄全都傻了,只有我,不多的时间就分出来了,你说说我是不是有点儿少慧?

而如今是侯宝成要拔呲拔呲秦扁担,秦扁担经得起他拔呲吗?

"那要看宝成少爷拔呲我嘛了,动心眼儿的事,我不成。"秦扁担傻兮兮地说着。

"来,你跟我来。"说着,侯宝成在前面引路,秦扁担在后边跟随,没多远,就走到一处大房子窗下来了。侯宝成指着房子的窗户对秦扁担说:"你往里看。"

秦扁担个儿高,稍稍一跷脚,就着见屋里的情形了,只是天时还没放亮,看不清,只看见屋里有好多的瓶呀罐儿呀,全摆放在远处的大条案上,一件一件的煞是金贵。

这时,侯宝成也搬来一条板凳,他站到秦扁担的身边,指着房里长条案上的一个物件对秦扁担说:"你能把那个物件'够'过来吗?"

"那有嘛?"秦扁担当即就对侯宝成说,"开开门,不就取出来了吗?"

"若是能开门,还拔呲你干吗?"侯宝成还指着那件东西说着。

顺着侯宝成指的方向一看,秦扁担看见长案上摆放着一只四方的铜炉,不像烧饭的那种火炉,是庙里敬香的香炉,有两块砖头摞在一起那么大,远远地就放在长条案上,你就从窗户把胳膊伸进去,也还是有好远的距离。

秦扁担自然不会知道,侯家大院南院里的这间大房子,是老九爷收藏镇宅宝物的密室。老九爷家,珍玩无数,全都是他老爹在朝廷里做督学时,四处巡案监考时收下的礼物。这里的每件礼物都系结着一个美丽的传说和一个动人的故事,其中一只宣德炉,给史书留下了使一个胸无点墨的村夫考中了头名进士的千古笑谈;另一只郎窑"雨过天晴"古瓶,又让一位将"富绅巨贾(古)"读作"富绅巨贾(帕)"的老朽做上了丙申年省试的主考官,由此才有了第二年大江南北一大批的糊涂县太爷。不过,无论是博学鸿儒,还是草包一个,到如今都已经是"荒冢一堆草没了"了,倒是老九爷的先人给他后辈留下的这几件宝物,说不上什么时候老房子住不下了,还能换成几个活钱再买一套四合院。

老九爷知道这些珍玩的价值,就专门把这些无价之宝收藏在一间密室里。这间密室的钥匙永远带在老九爷的身上,就连睡觉也不摘下来;而且这间密室的窗子都用铁栏杆封死了,连只猫儿狗儿也是钻不进去的。

而如今是侯宝成指着密室里的一件宣德炉,问秦扁担能不能把它"够"出去。

这里又要说说这间密室的情形。老宅门,房子有窗户,但窗户上没有玻璃,窗格儿上糊着窗户纸,收藏珍宝的密室要通风,老九爷就在窗户外面拉上了卷帘儿,天晴时卷起来,天阴时放下来,屋里就不会潮湿。

"我就是想看看那件物件,离得太远,看不清,你给我把它'够'出来。我看几天,再放回去。"侯宝成向秦扁担解释自己急着要把那件宣德炉取出来的原因。秦扁担对原因不感兴趣,他就是想不能让侯宝成拔呲住了。

说着,秦扁担就从窗户格子间伸过去了胳膊,只是离得太远,就是再接上几节胳膊,也还是"够"不着:"我劲儿大,别看这窗户上护着铁栏杆,我一使劲儿,就把铁栏杆扭断了。"秦扁担不假思索地对侯宝成说。

"那还用你？"侯宝成打断秦扁担的话说，"到外面，找个打铁的来，不比你利索？要的就是门不给开，窗户不能毁，人还不能进屋，东西还得取出来。"

"我不会。"秦扁担离开窗户根儿，摇了摇头对侯宝成说。

"呲了吧。"侯宝成看不起秦扁担地说着，"谅你也没这份能耐，挑你的水去吧。"

侯宝成自然知道，对于秦扁担这类傻蛋，要想让他做点儿什么事，最好的办法，就是和他戗火，"一看，就知道你背不动我。""怎么？凭我这么大的个儿会背不动你？"一戗火，他就把你背起来，还把你背回家去了。

果然侯宝成的激将法有效，秦扁担回过头来，满不含糊地说道："就这么点儿事，还能拔呲住我？"

"那你把那件物件给我'够'出来呀！"侯宝成歪着脑袋万般瞧不起秦扁担地说着。

"你又不开门，又不让砸窗户，伸进胳膊又'够'不着，你让我怎么把那个物件'够'出来？"秦扁担向侯宝成反问着。

"你把扁担伸进窗户，把那物件挑起来……"到底侯宝成比秦扁担智商高，他给秦扁担出了个好主意，让他把扁担伸到窗户里去，用扁担钩儿，将宣德炉挑起来，然后再一点点地往外，移到窗户根儿，也就是伸着胳膊"够"得着的地方，他侯宝成就能取出来了。

当然，侯宝成还给秦扁担出了一个难题，那就是把扁担伸到窗户里去之后，扁担不能架在窗户格上；这也就是说不能使用阿基米德原理："给我一个支点，我能挑起地球。"侯宝成要秦扁担在不使用支点的条件下，把宣德炉挑出来。

这不难，秦扁担有劲儿，莫说是一件宣德炉，就是一台小锅炉，他也能用胳膊根儿上的劲儿，把它挑出来。

果然秦扁担好大的劲儿，他把扁担从窗户伸进去，没费什么劲头，就用扁担钩吊住了宣德炉的"耳朵"，再一使劲儿，宣德炉就被挑起来了。这时秦扁担一手托着扁担的另一端，一只手扶着扁担，果然哪里也没挨着，一点一点地就把宣德炉移到窗户根边儿上来了。到这时，侯宝成就像一只饿狼一样地伸过胳膊，一把就从房里把宣德炉抱出来了。

"行！你真能耐。"侯宝成只是夸奖了秦扁担一句，什么酬谢也没有，类如后来的只给戴了一朵大红花，就放秦扁担挑水去了。

老九爷也有上街的时候。老九爷上街，只有两个去处，一个去处是茶楼，喝上一壶清茶，听上一会儿曲，花不了几个钱，要的是个高雅。老九爷的第二个去处是古董铺，而老九爷最常去坐的古董铺，就是宫北大街上的汲古斋。

这一天，老九爷照例又到汲古斋来闲坐，才一走进门，汲古斋的掌柜就神秘兮兮地将老九爷请到了内室，随后小声对老九爷说道："九爷，您今天算来着了，我这儿有一件稀罕物，要请你开开眼。"

"你这儿的东西，假货总比真货多，而且假货还比真货的价钱高。"老九爷不屑地对汲古斋掌柜说。

"你瞧，老九爷看不起我了不是？怎么我就不能真一回呢？这次，听说是一位少爷，在外面和人家要钱，输了，从家里偷出来的真货，没敢给外人看，怕他们不识货，宣德炉。"

"唉！"老九爷叹息了一声，随之说道，"世上居然有这样不成器的儿孙，竟然把家里的镇宅之宝偷出来赌博。真是，子不教，父之过……"

"管他是父之过，还是子之过呢？宣德炉到了老九爷的手里，他们的过，不就变成功了吗？"汲古斋掌柜讨好地对老九爷说。

"哦！"老九爷听着点了点头，"怎么这天津卫还有人家也有宣德炉呢？"老九爷疑惑地问汲古斋掌柜。

宣德炉，在谱，真货，民间只有两件，阴阳成对，他老九爷家里有一件，属阴，那属阳的一件，寻访多年没有下落，你瞧，今天它就从平地上冒出来了。

天成全我也！老九爷平生最大的愿望得以满足，他也就别无所求了。

看货!

说着,老九爷就随着汲古斋掌柜走进了密室,迎面大案子上,果然有一件宣德炉,真货,老九爷玩了一辈子古董,一看那颜色,就知道真货无疑了;精诚所至,金石为开,老九爷一生一世找的就是这件宣德炉呀,买了,你开个价吧。

说着,老九爷迫不及待地就向那件宣德炉扑了过去,只是才走过去了一步,就听见老九爷"啊"地大喊了一声,再看,老九爷几乎晕倒过去了。

"老九爷,老九爷!"汲古斋掌柜吓得出了一身冷汗,慌忙将老九爷扶住,急忙给老九爷舒胸口,又唤人送过来了热毛巾,用了好半天时间,老九爷才舒缓过来。

老九爷舒缓过来之后,什么话也说不出来了,他就是伸出一根指头,哆哆嗦嗦地指着那件宣德炉,一个字一个字地说着:

"阴,阴,阴……"老九爷语不成声地说。

汲古斋掌柜当然明白老九爷的心意, 便向老九爷说道:"是的,这是属阴的那一件,属阳的那件,咱们再慢慢地寻呀。"

没等汲古斋掌柜再说话,一个着急,老九爷又昏过去了。

回到家来,老九爷径直走到大花厅,打开他珍藏古玩的密室,一看,他又哈哈地笑了。

　　真是庸人自扰,他家那件宣德炉好端端地还在原处摆放着呢!而且老九爷在密室内查看,大花厅里没有脚印,密室门上挂着的那把大锁也没有打开过的痕迹,密室地面上一层尘土,上面只有几个小动物的足印,压根儿就没进来过人。而且眼见为实,他家的那件宣德炉,还一丝未动地就在原来的地方摆着,怎么外面就说是谁家的不肖儿孙把祖传的镇宅宝物偷出去卖掉了呢?

　　假货,赝品。如今家家宣德炉,户户唐伯虎,古董,已经是假货倒比真货多了。要么汲古斋那件宣德炉是假货,要么他老九爷家里的这件宣德炉是假货,要么他们两家的宣德炉全都是假货。

　　怎么老九爷就不怀疑他的独苗儿子侯宝成会让秦扁担把宣德炉挑出去了呢?

　　不可能!

　　绝对不可能是儿子侯宝成偷出去的!密室门的大锁,钥匙在自己手里,何况那锁头更没有被砸过的迹象。再说,那宣德炉好重好重,以他侯宝成手无缚鸡之力的本事,就是送给他一件宣德炉,他都搬不到前院,再说他也没有穿墙的本领,他怎么能一口气就把宣德炉盗走呢?

　　至于秦扁担,他压根儿就不知道侯家大院南院还有个密室,而且他更不知道什么叫作宣德炉。那是个拿珍珠换豆儿吃的傻蛋,他可能偷吃你家一个窝窝头,他不会偷你家一件古玩,偷古玩,那也要有点儿水平的。

夜里下来贼人了?不可能!侯家大院南院,白天门户紧闭,夜里有人巡更。莫说是贼人,就是连只猫儿狗儿也休想钻进府里来。再说就是猫儿狗儿钻进府里来了,它可能偷吃一块骨头,也不会偷你的宣德炉,那东西没有这份雅趣。

除此之外,那宣德炉还能是自己长出翅膀来飞出去吗?

所以,老九爷坚信,刚才在汲古斋看到的那件宣德炉一定是一件赝品,因为他爹留给他的这件宣德炉,不可能是赝品,送宣德炉的人没有那么大的胆子,想当官不想当官了?还要你的狗命不要了?这就和后来的送礼一样,给他亲爹可能送假烟假酒,想巴结个什么人,一定要送真酒。一次,一位当官的,想让我为他树碑立传,于是就把我请到了内部宾馆,酒席摆好,这位当官的当即就向他的下属发下了话来:"上真酒。"平生头一次,我没喝假酒。

正在老九爷想不出个所以然来的时候,一天早晨,侯宝成却惊慌失措地跑到前院他老爹的经房里来了,才走进房来,也没问老爹一声安好,侯宝成当即就对他老爹说道:"爹,昨天夜里,黄仙显灵了。"

"啊!"老九爷一听,大吃一惊,当即就吓得几乎瘫在了地上。

老九爷迷信,他不怕上界的神灵,只怕宅里的妖孽;上界的神灵,看的只是你的虔诚,只要你一心事佛,在世间多行善举,来日准有你成正果的一天;下界的妖孽就无理取闹,你越是敬奉着它,它等越是作乱。如今你瞧,黄仙就显灵出来要闹事了。

黄仙,狐狸者也,中国人尊狐狸为仙,蒲松龄一部《聊斋》,里面就有许多讲狐狸的故事,到了民间,那就更视狐狸为镇宅之仙了。称狐狸为狐仙,似还觉不恭,于是人们就尊称狐狸为黄仙,以其裘皮的颜色,而给它定名分了。

老九爷一直认为,一户人家,无缘无故地出了是非,就是黄仙作怪。前朝官衙,视黄仙为镇守官印的仙家,有时候黄仙作弄朝官,看着看着官印,就把官印换成假的了。有的朝官就因为伪制官印,直到丢了脑袋,其原因就是因为得罪了黄仙的缘故。

"昨天夜里,我读书到深夜二时,就在我准备入睡的时候,我想出来方便,才一走出房门,就看见从大花厅里走出来一个小老头。这个小老头,矮矮的身子,低着头,穿着一件黄马褂,头上戴着一顶红顶子帽翅,从大花厅出来,走啊走啊,走到南墙脚下,就再也看不见影儿了。"

"啊,有这等事?"老九爷惊呼了一声,似自言自语地说。

"父亲每日读经，孩子每日读书，这宅院怎么就不清净了呢？"侯宝成万分不解地问他老爹。

"唉！也是你我每天只知修身治家，竟于上界下界多有怠慢了。明天你陪我一起出去到庙里求个说法，我们也该做些布施了。"老九爷扪心自问，深为自己对上界下界神仙精灵的不恭而感内疚，如今黄仙显灵，必是提醒他该做些布施免灾求福了。

如此这般，第二天侯宝成带着他老爹就到了一处地方，经过高人指点，老九爷当即决定要为佛像镀一次金身，以求神灵保佑，祈求宅院的平安了。

为佛像镀金身，可不是一件小事，那要有人出去各方走动，先要选好黄道吉日，还要选定佛像，镀错了金身，不仅不能赎过，说不定还会惹来一堆的是非。别的神灵看见会生气，你只敬重他一个，好，咱们走着瞧，到了关节，一使绊儿，就够你喝一壶的了。

所以，镀金身之前，先要做道场，还要请来虔诚的匠人，买到纯正的黄金，吃斋饭，开殿堂，烧香诵经，广舍布施，那是要花很大一笔钱的。

只要求得宅院清净，老九爷说无论花多少钱，他全都认下了。

老九爷深信世间有鬼，不信家里有贼，所以他不但没怀疑他儿子侯宝成将家中的镇宅宝物偷出去还了赌债，还拿出一大笔钱来，让他出去给佛像镀金身，以保佑宅门清净。

这一下辛苦了侯宝成，他每天早出晚归，每天向他老爹汇报进度，每天向他老爹报销各项开支，做道场多少钱，宴请各位社会贤达多少钱，请工匠多少钱，好不容易选好了一个日子，偏巧这一天天津议长也要给佛像镀金身，又要请出人来，求议长大人给个面子，把这个日子让给老九爷，直到最后才买来金粉，搭起脚手，焚香诵经，这才做完了这桩功德。侯宝成告诉他老爹说，可是费了大力气了，而且精打细算，他还为他老爹节省了一条黄金。

当然老九爷不懂经济，老九爷查问开支，只听说节省下钱了，就已经是十分感动了；所以，报花账，你别说用了多少钱，你只说比原计划节省下了多少钱，这一下，就把那些糊涂老头们骗住了，钱也就下到你的腰包里了。

"多亏是你！"老九爷还连连地夸奖儿子。

下午三点，侯宝成午睡醒来，又到了出去遛书馆的时候了。

侯宝成每过几天就要出去遛遛书馆，就和老朽我每过一段时间就要逛逛新华书店一样，买书不买书的，看看就过瘾。只是老朽我逛书店，没有固定的时间，而侯宝成遛书馆，却一定要在下午三点。

为什么侯宝成一定要在下午三点出门遛书馆？有说道：秦扁担肩膀上挑着一条扁担，喊了一声"水——"，不必主家应声，他就走进侯家大院南院的大门来了。好在侯家大院南院没有女眷，只有一位老九奶奶，那也是不必回避的了，就这样秦扁担径直走到后院，那里泔水筲已经满满都是污水，只等着秦扁担挑走倒掉了。

前面交代过的，秦扁担是上午挑水，下午倒筲，午饭后，他和侯宝成一样，也要睡上一小觉。所不同的，就是侯宝成躺在家里的大床上睡午觉，而秦扁担却倚在水铺门外的老槐树根上睡午觉，形式不同、内容一样，手段不同、效果一样，反正都是睡醒了觉才来精神儿。

这里侯宝成正从院里出来往外走，那里秦扁担正从外面走进来，两个人打了一个照面，没握手，秦扁担才把泔水筲挑起来，远远地，"扑通"一下，侯宝成就把一个物件扔到秦扁担刚刚挑起来的泔水筲里面了。

"咚"，还溅出来好些污水。

"宝成少爷看我今天穿得干净。"秦扁担的身子闪了一下，虽然他没穿什么好衣服，可是溅上污水，也是有股臭味。

侯宝成没说话，他只是向秦扁担笑了笑，随后就跟在秦扁担的身后，从后院走出来了，路经前院老九爷经房的时候，侯宝成就走出侯家大院来了。

秦扁担挑着泔水筲走出院门，自然就不必向老九爷禀报了："九太爷，我给您倒泔水筲去了。"岂不就成了笑话？

侯宝成在前，秦扁担在后，走出府佑大街，眼看着就快走到地沟眼儿的地方了，侯宝成唤住秦扁担，让他拿一根棍儿，把刚才他扔进泔水筲里的那件物件取出来。秦扁担放下泔水筲，拿过一根小棍儿，一面把那件物件捞出来，一面向侯宝成说着："宝成少爷真是好逗，每次都是把什么东西扔到泔水筲里，出了院门，还让我捞出来，也不嫌脏。"

"你没对什么人说过吧？"侯宝成看看附近没人，便小声地问秦扁担。

"宝成少爷拿我找乐儿，有什么好对人说的？"秦扁担傻兮兮地回答着侯宝成。

"你若是对外人说了，下次我就不和你玩笑了。"侯宝成一副随便的样子，果然让秦扁担感到亲切。

说话间，秦扁担把侯宝成刚才扔到泔水筲里的物件取出来了，是一个油纸包儿，自然已经沾上了污水。侯宝成让秦扁担把那个物件放在地上，给了他两角钱，放秦扁担挑着泔水筲倒泔水去了。这时候，侯宝成再拿秦扁担刚才用过的小棍儿把油纸包挑开，里面，一件古瓶。

就这样，暗度陈仓，侯宝成就把他老爹秘藏的珍玩，偷出来了。

老九爷的珍玩不是全在密室里放着了吗？没错，诸君忘了上次侯宝成让秦扁担把密室里的宣德炉用扁担勾出来的事了？依样画葫芦，这件古瓶，也是前几天侯宝成让秦扁担拿扁担从密室里勾出来的。

这里，难免就有人要向老朽我请教了，侯宝成把他老爹的珍玩偷出来，他老爹难道就看不出来？就说上次的那件宣德炉吧，老九爷在汲古斋看到了一件真品，当时还以为是他家里的那件呢。可是回家一看，宣德炉还在原地方摆着呢；如此，老九爷才断定汲古斋的那件宣德炉是赝品。只是呢，前面也交代过了，老九爷是一位只信世上有鬼，而不信家里有贼的好老头，他儿子既然有本事把真品从密室里勾出来，他儿子也就有本事再把一件赝品放回到原地方去，不是有秦扁担了吗？

到这时，老九爷密室里的珍玩，早已经一件一件地全变成赝品了；如果偶尔还能看见一件真品的话，这件真品，就是秦扁担偶尔伸进窗里来的那条扁担。

侯宝成怀里揣着那件古瓶，没有进汲古斋，他来到了一个地方，把古瓶交给了一个人称是常闲人的社会闲散。

关于常闲人，这里不详细叙述，诸位会在老朽我写的其他小说里见到这个人物，那是一位专门在天津街面上成全事的闲杂。成全什么事？当然都是一般人办不来的难事，譬如今天侯宝成把他从家里偷出来的这件古瓶交给常闲人，过不了几天，常闲人就会把一件和这件古瓶一模一样的赝品交给侯宝成，否则老九爷的密室里不就空着一个地方了吗？赝品交给侯宝成之后，侯宝成再让秦扁担放回到密室里，常闲人得知万无一失了，这才再把那件古瓶送到汲古斋来，也不说是谁家的物件，就是卖钱。卖多少钱，侯宝成不知道，反正足够侯宝成在赌场里玩些日子的了。

这次侯宝成偷出来的古瓶，就是老九爷的老爹给他留下的那件郎窑"雨过天晴"古瓶。前面也说过了，旧中国齐刷刷一茬糊涂县太爷，就是这件古瓶造就出来的，自然是无价之宝了。

没有多说话，侯宝成从常闲人那里先借出一点儿现钱，然后就匆匆地往他的"书馆"跑去了。

下午六点，侯宝成从书馆回来，走进大门，从老九爷经房外面经过的时候，说了一声："爹，我回来了。"老九爷没听出来，他儿子的嗓音已经沙哑了。

完了，这次可是要露馅儿了，"雨过天晴"古瓶还没有卖掉，赌债早就欠下了；就是过些日子常闲人把那件古瓶卖掉，那点钱也无济于事了。

欠下赌债偷珍玩，这已经使侯宝成形成固定的生存模式，也没有别的办法好想。赌债是不能不还的，而还赌债的钱又不会从天上掉下来，唯一的办法就是再从密室里鼓捣件物件出来。于是，习惯性动作，想也不必再想，侯宝成就走到了后院大花厅旁边的密室窗外，隔着窗户向里张望，又在打那些珍玩的主意了。

密室里还真是琳琅满目，但是读者诸君知道，那里面已经没有一件是真品了。看着自己让秦扁担放回到原处的一件件赝品珍玩，侯宝成不由潜然泪下。这里面一件件赝品珍玩，每一件物件上都系结着一桩痛心疾首的悔恨和无法挽回的过错。那件宣德炉，就因为配错了一张牌，倘若头门配个二板儿，情况就不会是现在这个样子，这时说不定他侯宝成连外宅都立下了。墙上的那轴唐伯虎本来已经押在"红"上了，就在开宝之前的一秒钟，鬼使神差地又移到了"黑"上，一开宝真黑了，怎么那一瞬间手就痒呢？还押在"红"上，情况也就不会像现在这个样子了，说不定连小汽车都买下了。唉！不走运，真是不走运。

侯宝成一声叹息，算是对前一段工作做了总结；不过，类如侯宝成这样的中国特色砸锅将，他们从来不承认自己办砸锅的那桩事本来就不应该办，他们总是埋怨自己的手气不好，所以才一次一次地光砸锅。

叹息过后，还要再认出件没调包过的真品来，但是没有了，一双眼睛搜寻了好几圈，全都是调过包的赝品了；唉呀！老祖宗给后辈留下的东西实在也是太少了,这才几年的时光,怎么就全调过包了呢？还说什么地大物博,徒有虚名罢了。

"唉！"

可是光叹息也无济于事呀,还得要想出一个办法来,债主们若是找上门来讨债,那情况就严重了。可是,可是,拿什么东西换现钱呢？侯宝成一跺脚,他真是急得要上吊了。

可是就在侯宝成跺脚的时间,豁然开朗,办法想出来了！

侯宝成想出什么办法来了？

"咚"的一声,侯宝成踩着东西了。

踩着什么东西,侯宝成就想出办法来了？

当然是值钱的东西,不是值钱的东西,能说是办法吗？

那么侯宝成又是踩着什么值钱的东西了呢？

大元宝？

他们家还能有大元宝吗？

钱包？

家里就只有几口人,谁能把钱包丢在院里呢？

那,侯宝成是踩着什么值钱的东西了呢？

没听见声音吗？"咚"的一声,侯宝成踩着他们家院里的大方砖了。

咳！那不就是地皮吗？对了，就是地皮，踩着地皮就行。忘了这地皮上面还有一套大宅院了吗？前朝皇帝和洋人打交道，有钱的时候赔款，没钱的时候割地，怎么连这么点儿传统都忘记了呢？侯家大院的子孙，怎么就不能有家当的时候变卖家当，家当卖光了之后，也学着前朝皇帝的样子，来他个割地卖家呢？

只是，卖房，谈何容易，房契在老爹手里呢，你总不能让秦扁担用他的扁担把他老爹收在箱子底儿里的房契勾出来，再交给自己卖掉吧？"唉！"侯宝成又一声叹息，心里又凉了。

第二天一早，天没放亮，侯宝成就起来了，闻鸡起舞么，晚了怎么行呢？侯宝成起床之后，就在院里走弓字步，半弯着一双腿，提起一口丹田气，走圆圈儿。才走了一圈儿，就听见秦扁担在门外喊了一声"水——"，随之大门被秦扁担从外面推开，秦扁担给府里送热水来了，放下热水，秦扁担照例提起大铜壶，反身走出院门，他去给老九爷打开水，不多时，秦扁担打开水回来，侯宝成走到二道门外，正看见秦扁担立在墙边儿上啃窝窝头呢。

秦扁担自己拧的大窝窝头，个儿大，像一顶小草帽儿，侯宝成一看，就禁不住笑了。听见侯宝成的笑声，秦扁担也没理睬，还是照啃他的窝窝头无误。只是侯宝成笑过之后，走过来就对秦扁担说话了。

"天天见你啃窝窝头,也没个啃腻的时候?"侯宝成嘴角挂着一丝笑意,酸酸地问秦扁担。

"就是活腻了,这窝窝头也啃不腻。"秦扁担嘴里嚼着窝窝头,呜噜呜噜地回答着。

"你就不兴改善改善,也吃一天大饼?"侯宝成挑逗地对秦扁担又说。

"吃不起。"秦扁担回答。

"我若是拿大饼换你的窝窝头呢?"侯宝成似开玩笑地问秦扁担。

"宝成少爷总拿我找乐儿。"秦扁担不相信天底下有这样的傻蛋,居然拿大饼和自己换窝窝头。

"我们家的大饼吃不了,可是我想喂鸽子,又没有窝窝头。"

这一下,秦扁担明白了。

"只是,宝成少爷知道,我啃窝窝头,有两个就饱了,吃大饼怕四张也不够。"秦扁担还是疑疑惑惑地说。

"我也不多找你换,我拿四张饼,换你一个窝窝头行不行?"侯宝成极是认真地对秦扁担说。

"是天天换,还是只今天就换一回?"秦扁担当然要问清楚,天天换,当然可以,只换今天一次,吃馋了嘴,明天窝窝头啃不下去了，那就不合算了。

"当然是天天换。"侯宝成回答。

"宝成少爷心善，看我啃窝窝头可怜，就拿大饼换我的窝窝头，其实宝成少爷不知道，我们啃窝窝头，啃得可香着呢。"果然人们对于幸福的理解是不一样的，类如秦扁担这样的人，能有窝窝头啃，就可以说是"看来老百姓的日子过得很不错"了。

说着，侯宝成就给秦扁担把大饼送过来了。秦扁担一点儿也不客气，接过大饼来，三口两口，就吞下去了一张，立马又吞第二张，没多少时间，四张大饼就被秦扁担全吞下肚里去了。随后，君子一言，驷马难追，立马，秦扁担就把他手里的窝窝头交到侯宝成手里了。

当然，秦扁担又是个何等聪明的人儿呀，他把窝窝头交给侯宝成之后，又向侯宝成问了一句："宝成少爷家里没养着鸽子，你要我的窝窝头做什么用呢？"

"我自己没养鸽子，我拿你的窝窝头喂野鸽子。"

"野鸽子不往你府里落。"秦扁担不是傻蛋，他什么全明白。

"我把你窝窝头放到我家院里的旗杆顶上，野鸽子不就吃了吗？"侯宝成对秦扁担说。

"哦。"明白了，这叫行善举，拿自家的粮食喂野生的飞鸟，和普济天下一样，都会成正果的。"可是，旗杆那么高……"秦扁担抬头看了看院里的旗杆，足有两房高，凭侯宝成这点儿本事，他怎么把窝窝头放到旗杆顶上去呢？

"你不是有扁担吗？"侯宝成提醒秦扁担说。

"哦。"秦扁担又明白了，原来侯宝成是让他用扁担把窝窝头挑到旗杆顶上去。那容易，说着，秦扁担用扁担挑起窝窝头，一扬胳膊，就把窝窝头送到旗杆顶上去了。

侯宝成也昂头向旗杆顶上望了望，"嗯"，很满意，点了点头，就放秦扁担出去挑水去了。

秦扁担走出院门，心想，这事真哏儿，世上居然有人用四张大饼换自己的一只窝窝头，换过之后，还让自己把那只窝窝头送到旗杆顶上去，真是有毛病了。回过头来向侯家大院院里的旗杆看过去，果然一只窝窝头高高地顶在旗杆上，看着也煞是好看。

"耶！你看，老九爷家院里的旗杆上顶着一只窝窝头！"

天津人爱看热闹，就在秦扁担回头向侯家大院旗杆望过去的时候，就也有人顺着秦扁担的视线一起向高处看，这一看，看出热闹来了，老九爷家院里的旗杆上顶着一只窝窝头！

秦扁担也听见人们的议论了，只是秦扁担不是有个优点吗？他无论听见人们议论什么也不插言，其实他只要告诉人们说那只窝窝头是他用扁担送到旗杆顶端上去的，那也就没有后来的事了，偏偏他一声也没吭，就从人们的身边走过去了，这才演绎出了后来的故事。

老九爷是被他家院墙外嘈杂的人声吵醒过来的，一醒过来他就问外面出了什么事。老九奶奶自然不知道，老九爷自己就穿好衣服从房里走了出来。

走到院里，没什么和往日不同的地方，只是院门外人们的嘈杂声越来越大，走出院门，哎哟，我的天！院门外围着少说也有上百个人，人们全都抬头往天上看，看什么？老九爷也抬起头来，顺着众人的视线一看，天爷！老九爷又瘫坐在地上了。

人们把老九爷扶起来之后，老九爷什么话也没说，回身就跑进了院里，关上院门，把儿子唤出来，摆上香案，焚香燃烛，他要祈祷上苍保佑了。

侯宝成是个孝顺孩子，也不问他老爹为什么让他摆香案，反正执行指示就是了。香案摆好，香烛点着，老九爷率领侯宝成，父子双双跪在地上磕头。

"苍天宽宥，俗子有罪。"老九爷口中念念有词地祷告着。

"苍天宽宥，俗子有罪。"侯宝成也学着他爹的样子念念有词地唠叨着。

无论是老九爷的一片虔诚,还是侯宝成的有口无心,到底苍天还是被下界的祷告感动了,不多时,就听见天上飞来了无数的飞鸟,其中有鸽子,有麻雀,还有许许多多说不上名儿来的神鸟,不多时,就把旗杆顶上的那只窝窝头吃光了。待到老九爷抬起头来的时候,刚才旗杆上的窝窝头不见了。"阿弥陀佛。"老九爷念了一声佛,眼泪立即涌出眼窝来了。

　　老九爷焚香拜佛之后,什么话也没说,又走进他的经房诵经去了。

　　第二天早晨,老九爷没等外面的人声嘈杂,才听见秦扁担喊了一声"水——",立马起床,好歹披上衣服就走到院里来了,抬头一看,天爷! 旗杆顶上又扣着一只大窝窝头。

　　"天灭我也!"类如曹操,喊了一声"天灭操也",就知道大势去矣了;老九爷喊过"天灭我也"之后,就又跑到后院找他的独苗儿子侯宝成来了, 这时候侯宝成正在院里走他的弓字步呢。

　　"宝成,出去给我把阴阳先生请来。"老九爷遇事要请教高人,但他有个毛病,他遇事不请教说真话的人,他遇事就请说假话的人。老九爷和那些有主见的人一样,他们不信真话,信谎言;他们不信真情,信假意;他们还不信好人,而专信歹人,而且谁越是糊弄他,谁就越是好人。

不容耽误时间,侯宝成穿上衣服就跑出侯家大院请阴阳先生去了。不多时,阴阳先生请来,才走进院门,阴阳先生就叹息了一声,向着老九爷施了一个大礼:"老朽不便直言了。"

"哎呀!先生,事情已然到了这等地步,您还有什么话不能直说呢?好歹给我指一条明路,我也好有个解脱之计呀。"老九爷万般着急地对阴阳先生说着。

"如此,老朽就直言不讳了。"

随之,阴阳先生就一一地向老九爷指出了这宅院之所以不清净的原因,大门怎么开得不是地方,房檐正对着天上的哪颗星星,哪间房犯了什么忌讳,哪处山墙,又挡住了哪条道路,如此这般如此这般,反正这套宅院是住不下去了。

"拉倒,我卖房!"老九爷一跺脚,当机立断,这宅院,他不住了。

老九爷自己不会卖房,他儿子侯宝成请来了一个叫常闲人的社会闲散,为老九爷张罗卖房的事。常闲人便领来了几位想买房的人,只是人家走进院来一看,立即就摇了摇头走出去了,其中的一位爷出门的时候,还甩了一句闲话:"这宅院,白给都没人要,晦气!"

没人要就没人要,老九爷也没指望拿这处老宅院换多少钱,老九爷对常闲人说,好歹给个地皮钱,就卖。常闲人说,这年月,就是地皮不值钱,从前朝皇帝就留下了割地的先例,白送不要钱,如今到了民国,不割地了,块儿太小,一块儿一块儿地掰着卖,还不能掰小块儿,一个中国就掰了几大块儿,东北、华北、江南,和切西瓜似的,好出手着呢。

随他的便去吧,老九爷说了,只要有人肯要,好歹给个价就卖,这些年太败兴,早就该再买处新房子,树挪死,人挪活,一个人要想活得滋润,就得常常地挪着点儿地方。

卖房的事,就交给常闲人办去了;买房的事,老九爷要亲自操办。

老九爷找来侯宝成,和他商量买房的事,侯宝成问他老爹是嘛心气儿,老九爷说,既然说是挪地方了,那就哪座宅院好,咱就买哪套宅院。

"您老说是哪处宅院好呢?"侯宝成是个"孝顺"儿子,无论什么事,总要按着老爹的心气儿去办。

"我听说天津卫最好的宅院,是亲王府的大宅院,咱就按照亲王府的样子买。"老九爷想一步到位,要买豪宅养老。

"咱家那处老宅院是卖不了几个钱的。"侯宝成提醒他老爹说。

"咳!指着那几个钱买什么房呀?"老九爷胸有成竹地对他儿子说,"实话对你说了吧,家里还有十几条硬货,我也想了,留着这些硬货也没有用处,倒不如买套好宅院住着也舒服。"

"家里的钱都买了房,那以后的日月如何过呢?"侯宝成是个"过日子"的人,什么事情都往远处想。

"咱们家那些家当,好歹拿件出去换成活钱,也够吃个十来年的。"老九爷这里说的"家当",指的就是后院密室里的那些珍玩。

"哦。"侯宝成点了点头,这才消除了对于未来日月的忧虑。

"反正就是这十几条硬货,你在外面看着张罗吧。"老九爷发下了话,让儿子操办买房。

"反正房子要您亲自去看,买房的钱,也要由您亲自经手。"

若不,老九爷怎么就相信侯宝成是个好孩子呢?你瞧,让他操办的事,他只费辛苦,却绝不经手钱财,这就是好孩子。现如今,无论你让谁出去办事,他都得先张手向你要钱,起码得有点儿前期活动经费吧。人家侯宝成就一文钱不要,只一心一意地给他老爹办事。

果然,未出半个月,房子看好了,侯宝成把他老爹请出去看房。

当老九爷在他儿子的带领下走进一处大宅院的时候,老九爷简直就不相信白己是在人间,我的天!这不是就和天堂一样吗?人间怎么会有这样豪华的宅院呢?地点是在英租界,黄金地段,寸土寸金,连天上飞的鸟儿都叫得和别的地方不一样,不会唱曲儿的鸟儿,压根儿就不让往这儿飞,甚至于马车牛车什么的,英租界压根儿就不让进,整个一片英租界,没有一个乞丐,大街上走着的全都是款爷靓妞儿,人说住在英租界,少说也能多活十年。

再一看宅院,和皇宫一样,前院里有假山溪流,正院中一片草地,据说是太太小姐们午饭后坐在里面唱歌的地方,草地旁边是一个网球场,老九爷不会打网球,老九爷说将来就在那地方晒个被子什么的。至于住房,有前楼后楼,前楼三层,后楼也是三层,每一层楼都是四间大房,至于如何安置,那就由主家定了。

"爹,你看,这就是王爷府。"侯宝成向他老爹禀报。

"好!"老九爷说咱就买这套宅院,搬到这套宅院来,咱就是天津卫的首富了。唉,大半辈子过来了,就不知道享受,总是省吃俭用的,也不知道是为谁俭省,后辈人有后辈人的本事,人家自己也会挣钱,您留着您那几个钱,怕后辈挨饿,真是把后辈人看小了,人家发旺的日子在后头呢。

"他要什么价儿?"老九爷当即就问他儿子。

"中间人说,二十条。"侯宝成回答。

"好,一言为定,明天就交钱。"

当然，买房和买菜不一样，这不是一手交钱一手交货的小事，买房要有个仪式，还要有个手续。这一天，侯宝成把他爹请到了一处地方，说是公证局，在场的几位公证人，正襟危坐，好大的气派，看着就不像是糊弄人的坏蛋。老九爷作为付款的一方，对方是一位小爷，作为卖房的一方，公证人把契约放好，一字一字地读给双方听："'自画押日起，英租界宅院一处归由老九爷所有，老九爷二十条黄金一次向×××付清，自此再无干涉。'你听听，这契约有漏儿没有？"

老九爷签过契约之后，高高兴兴地回到府佑大街，这时候常闲人正等着他，要和他说卖老宅院的事呢。老九爷没问卖了多少价钱，只问了一句话："有人要了？"常闲人回答说是有人要了，老九爷立即点头接过了卖房的契约，就立在府佑大街上，盖上了他的大印，老宅院卖掉了。

操持准备了没多少日子，老九爷就要迁往新居去了。这一天，选定的好日子，府佑大街上祭祖辞别老宅院，车马备好，最重要的是老九爷把他密室里的那些珍玩一件件地全包好了，举家迁居，浩浩荡荡，老九爷一家就迁往英租界去了。

老九爷乔迁，金银细软自然全要放在车上，但是老九爷家的那些珍宝，却不能全放在车上，那些珍玩全都是上千年的古董，莫说是放在车上颠，就是有人咳嗽一声，怕也会震碎的。所以老九爷就把秦扁担雇了来，老九爷把这些珍玩装在两个大箱子里，让秦扁担把这两个大箱子挑到英租界去。

老九爷家的乔迁大军，来到了英租界，车队停在一处房子门外，说是"到了"。老九爷走下车来一看，不对，这不是王爷府。

"宝成！"老九爷立即唤来儿子，向他质问："这是什么地方？"

"这是您新买的房子呀。"侯宝成眨了眨眼睛向他的老爹回答。

"这里不是我原来看的那处宅院呀！"老九爷还是问他的儿子。

"当然不是了，您原先看的那套宅院是人家王爷府。您不是说过就按着王爷府的样子买房的吗？我看这里就和王爷府差不多。"侯宝成理直气壮地回答。

"混账！"到这时，老九爷才发现他的儿子把他骗了。

说着，老九爷挥起拐杖来就要打他的儿子，侯宝成腿脚利索，没等他老爹的拐杖落下来，一溜烟儿，人就跑得没有影儿了。

老九爷当然不能吃这个亏，二十条硬货就买了这么一处破宅院！立马找到公证局、公证局拿出老九爷和对方签的契约，指着契约上的文字，一字一字地向老九爷质问："'自画押日起,英租界宅院一处归由老九爷所有。'兑现没兑现?这里是不是英租界的一处宅院?"老九爷被问得哑口无言,只能连连点头称是。

"下一条:'老九爷二十条黄金一次向×××付清。'付清了没有?"老九爷说付清了,可是老九爷说那是买房的钱,人家公证局说:"不对,那是你替你儿子还的赌债。'自此再无干涉',全清了,你还找我们公证局干吗?"

可是老九爷说不对,就算我二十条硬货替我儿子还了赌债,可是怎么这处破宅院又归我所有了呢?

公证局说,这你就不明白了,你儿子欠了人家二十条黄金的赌债,可是还有人输给了你儿子一处破宅院,"自此再无干涉",两笔债全清了,你还翻什么账?

"混账!"老九爷一声吼叫,"咚"的一下老九爷就气昏在大街上了。

秦扁担看着老九爷气昏了过去,过去就要搀扶,这时老九爷又明白过来了,他一挥手拦住秦扁担,向着秦扁担就喊:"别摔了我的家当。"

幸亏秦扁担脚下有根,身子虽然向老九爷移了一步,可是肩膀没摇动,两只箱子稳稳当当,连晃都没晃一下,就送到老九爷的新居里来了。

尾声

秦扁担念旧,听说老九爷得了重病,一天早晨他换了一件干净衣服,来到英租界老九爷家里,看望老九爷来了。其实,秦扁担看望老九爷是借口,他还有条扁担忘在老九爷的新住处呢。

老九爷已经病得奄奄一息了,见到秦扁担,老九爷掉了两行老泪,什么话也不想说了。

据老九奶奶告诉秦扁担说,本来老九爷也就是一时气昏过去罢了,迁到这处破宅院之后,第二天,老九爷还挥着秦扁担的那条扁担,盛怒之下,把他的宝贝儿子侯宝成一阵扁担打出家门去了呢。

"那怎么就病到了这等地步!"秦扁担向老九奶奶问。

"咳!那就更说不得了。"

原来老九爷一气之下,发誓再不给孽障儿孙留什么家当了,找来汲古斋掌柜,老九爷说要把他家藏的珍玩古董全部卖掉。只是打开箱子一看,汲古斋掌柜对老九爷说:"这些东西您老留在家里自己玩吧。"

"怎么呢？"老九爷不解地问。

"全是赝品。"汲古斋掌柜告诉老九爷。

"假的？"这一次，老九爷真的气得死过去了。

看着老九爷重病在身的可怜样子，想着老九爷家一夜之间败家的悲惨遭遇，秦扁担感叹地自言自语："其实那老宅院住得不是满好吗？搬的什么家呢？"

正好，老九爷这阵明白，他躺在病床上听见了秦扁担的话，当即就对秦扁担说道："那老宅院不是不清净了吗?！"

"怎么好好的宅院，就不清净了？"秦扁担问老九爷。

"还要如何不清净？每天早晨，院里的旗杆顶上都扣着一只窝窝头。"老九爷有气无力地对秦扁担说。

"啊？"秦扁担大吃一惊地喊了一声，随后秦扁担就对老九爷说，"那窝窝头是宝成少爷说是喂天上的鸽子，拿四张大饼和我换的，还让我用扁担把那只窝窝头送到了旗杆顶上。"

"啊！"这一下，老九爷真的气昏过去了。

等老九爷醒过来之后，他深深地叹息了一声，随后也自言自语地说着："唉，古董是假的，黄仙是假的，旗杆上的窝窝头也是假的，什么什么全都是假的，全都是假的！"

"只有我这条扁担是真的！"秦扁担取过扁担，临走的时候,对老九爷说。

由此,天津卫留下了一句话柄,府佑大街上无论什么东西全都是假的,只有秦扁担的那条扁担才是真的。

回到府佑大街, 人们自然要向秦扁担打听老九爷家的事,秦扁担向众人叙述过老九爷败家的情况之后,还颇为感慨地对人们说道:"老九爷家老老小小都拿我当傻小子看,其实我知道自己不是傻小子,所以,他们让我干吗,我就给他们干吗,我是出力气长力气,还能拿窝窝头换大饼吃,他们白使唤我觉着便宜,其实最后败的是他们自己的家。"

信哉斯言!